U1011101

青梅竹马

万芊 著

中国文史出版社

图书在版编目（CIP）数据

青梅竹马 / 万芊著 . -- 北京 : 中国文史出版社，2020.12

（跨度小说文库）

ISBN 978-7-5205-2842-9

Ⅰ . ①青… Ⅱ . ①万… Ⅲ . ①小小说—小说集—中国—当代 Ⅳ . ① I247.82

中国版本图书馆 CIP 数据核字 (2020) 第 253913 号

责任编辑：金　硕　胡福星

出版发行	中国文史出版社
社　　址	北京市海淀区西八里庄路 69 号院　邮编 :100142
电　　话	010–81136606 81136602　81136603 81136605（发行部）
传　　真	010–81136655
印　　装	阳谷毕升印务有限公司
经　　销	全国新华书店
开　　本	650 × 960　1/16
印　　张	12
字　　数	168 千字
版　　次	2021 年 4 月北京第 1 版
印　　次	2021 年 4 月第 1 次印刷
定　　价	45.00 元

文史版图书，版权所有，侵权必究。

文史版图书，印装错误可与发行部联系退换。

目录

航　标

虬江是条出山的航道，先窄后宽，先前山里大量的竹木石料都是顺着这条主航道顺流而下，漂流出山的。虬江又是大山的主要泄洪道，每年洪水季节，大量的洪水通过虬江，奔涌而下，一泻百里，一直到平原才收敛其奔腾汹涌之势。

虬江航道八公里处，是急水湾，向来就是一个人迹罕至的江湾。枯水季节，急水湾却是个浅水湾。沙石江滩被几块巨石分隔，湍急的水流，分成多条细流，折尺般蛇行，时分时合，一路蜿蜒下行。即使到了枯水季节，这江水仍很凶险。其他不说，就说这分流的走向，充满玄机，每每随着水势的不同，这每一条分流总是变幻莫测。有的，开端看似平稳，说不定几股水汇流后，呈汹涌之势，跌宕直下，驾驭不住，便会船毁人亡；有的，开端看似张扬，说不定半路上水分流了，最终所有的水都渗入沙石里了，船就搁浅在沙滩上，再也无法动弹。而这些分流常常会因洪水的冲撞而变幻莫测。有时，上趟行船时还是这条分流，几夜暴雨后，第二趟行船的水路就面目全非了。若是遇上暴雨，这虬江可以说是孙大圣的脸，说变就变，谁也驾驭不住。

李松原先是虬江航道段的航政股股长，他当股长时，力主在急水湾设一个航标站，派人驻守。然这急水湾，除了下水的水路，实因山高路窄，一般人很难到达。建站时，是从山下放一些竹木石料，才建了小木屋。建站后，段里派人轮流值守。然实在出行艰难，一守半月，寂寞无聊，遇上鬼天气，供应跟不上，只能干着急，谁也不愿轮上这苦差事。故而，李松当股长时，原先谁都说他好，就为了这事，段里所有的人，包括家属，都指着他的鼻梁骂。

到了五十五岁那年，李松跟段长提出，我股长也不想当了，让我去急水湾守航标吧，这事是我惹出来的，就让我一个人承担下去吧。段务会上，通知了一下，大家都觉得这事只有这样。

这年，李嫂正好退休，夫妻俩也就卷了铺盖，离开航道段家属大院，成了急水湾航标的专职值班员。吃的用的，李松让下行的船筏老大从山上捎带下来，平时自己在小木屋的四周开荒种地、养鸡养鸭，倒也能够自给自足。李松长年累月住在山里，很少与外界有啥联系，收天气预报，仅靠一台收音机。至于工资啥的，也是在山外的女儿代领了存着，他们在山里其实也没啥花销。

李松夫妇在山里一待就是整整二十年，先前大山里朝外运竹木石料的主航道，随着竹木石料的限制采伐开采，主航道的功能渐渐弱化。最终，虬江上游取消等级航道设置，航道段仅仅作为泄洪道，不再管理。这事，其实在李松进山的第八年就发生了，然段里所有的人都没把这事当一回事，也没有任何人进山或者捎话告诉他这事，以至于李松根本不知道虬江上游被撤掉航道设置的事，仍兢兢业业地驻守着航标站。他只觉得，跑这水路的船筏越来越少，然他总觉得即使一年只有一条船筏经过，他仍有职责确保他们的安全。

没料想，虬江竹木石料限制采伐开采后，虬江沿线竟然成了旅游胜地。急水湾成了其中一个旅游点，漂流的人一下子多了起来，而且越来越多。一条简易的盘山公路把游客送过来，再用橡皮筏放下去。急水湾成了旅游点，李松无形中忙了起来。枯水季节，他要踏勘各个分流，设置航标，禁止误闯危险水道；洪水季节，他要收集气象、水文资料，发布洪水危险警报。然承包漂流的老板，不理他这一套。李松穿着陈旧的航政员制服，据理力争。

就在李松七十五岁生日那天，李松被人告发，一大摞举报材料被人送到有关部门：说李松，作为一名退休的航道管理公职人员，长期霸占航道资产，夫妻俩二十年工资基本不用，霸占公家的竹木房子不出一份租金，私自开垦公家山地种地，养鸡、养鸭。虬江上游航道设置已经撤掉十几年，李松还私自霸占水道，把公家水道占为私有，不给好处，不让通行。

有关部门派人专门找李松谈了一次话。到这时，李松才知道虬江上游航道设置早已撤销的事，愣愣的。李松跟谈话的干部说，我是该退休了，只是不放心这急水湾。

就在李松思前想后离开急水湾几个月后，当地报纸刊出一篇篇幅较长的人物事迹报道，说一位退休的航道管理人员二十年如一日，在荒山野岭里，默默守护一段废弃的航道，义务救助遇险人员六人，帮助打捞遇险物资无数。据说，这是有关部门提供的素材，为的是给老人一个说法。

只是世事难料，报道见报的当日，急水湾漂流点出了个大事故，两条漂流艇误闯急流翻了，多人受伤，两人殒命。漂流点承包人被公安部门带走了。

过了几月，李松夫妇又进山了。这一次，李松把家里的房子都过户给了女儿。庆幸的是，他拿到了当地政府的一份聘书，虽说是义务的，李松仍义无反顾。

漂　筏

我家祖祖辈辈住在虬盘山山坳里。以前，山坳里土地贫瘠，家家户户常年过着半饥不饱的日子。

在山坳里，我家算是殷实人家，能勉强吃饱，到年头上，小孩子还能穿上新衣。

我家的殷实，其实靠的是祖传的独门绝技：虬江漂筏。

虬江是一条上窄下宽的水道，水道源于山上，折尺形蜿蜒而下。以前，虬盘山人靠山吃山，以伐竹木、采石料为业。竹木、石料由虬江水漂流而下。到了山下，虬江宽了，重新编组筏子，再顺着江水漂入平原，换回山里人养家的粮食、盐巴和布料。

其实，虬江是一条凶险的江，它的凶险在上游山里。这就使得漂筏工有了两种截然不同的称呼和待遇。上游山里的漂筏工，人称大师傅。一个大师傅一年漂筏，尚可养活一家老小；而下游的漂筏工，人称漂筏仔，一年辛辛苦苦，除了自个儿混饱个肚皮，也没啥可带回家的。

我家祖上担的是大师傅的名头，还有大师傅的绝技。这绝技，我曾爷爷传给了我爷爷，我爷爷又传给了我爹爹。在我很小的时候，我爹爹就让我练踩筏。我居然有这方面的天分，踩在筏子上，我就如猴子一般灵活自如。

我十八岁那年，旺水季节，我爹爹带我进山。这是我家祖传的规矩。十八岁的男孩，该学会真正的漂筏，这暗示一个男子汉将学会养家糊口支撑家门的本事。

其实，十八岁的我像只瘦猴，骨瘦如柴，手无缚鸡之力，要我肩负起支撑门面的大业，我自己想想也够呛的。

爹爹整理了两副装备：浆纱绳、带铁钩的竹篙、炒米、盐巴。爹爹还带上抽烟的全套家伙：打火石、烟丝、烟斗。我则带了本破残的连环画《罗成》。这是扫盲老师送我的奖品。

进得山，我们在山上候了两天。

按常规，山上的竹木，先编成小筏，间隔着依次放漂。殊不知，山是有脾性的，水更有捉摸不透的脾性。有时，筏多，水就耍小性子，少少地流，让你漂不起来。筏漂不顺畅，就搁在弯道上。下面的筏漂不下去，上面的筏子就堆积起来。清理水道筏梗的活儿，是个累人又危险的活儿，非技术一流的大师傅，谁也不敢揽这活儿。而我爹爹、爷爷、曾爷爷是清筏梗的大师傅。这是玩命的活儿。其实，我爷爷就是在一次清筏梗时出的事。那次，其实也不是我爷爷不小心，实在是山里的水变脸变得快，耍脾性耍得凶。先是水缓，在急水湾那里，梗了好多筏。我爷爷和爹爹，漂到急水湾时，傻了眼。筏子层层叠叠，而水很缓，即使清了，也无法漂走。我爷爷他们只能待在急水湾等上面来水。可谁料想，一天一夜的大雨后，洪水瞬间暴发，江水似蛟龙狂舞，把急水湾变成一片汹涌的汪洋，筏子成了恶魔手中的利剑。我爷爷为护我爹爹，被这狂舞的利剑砸中。

我和爹爹在山上候着，上游的水不紧不慢，惹得山上筏竹木的人心里痒痒的，筏多了也不敢往下漂，只能悠悠地筏，悠悠地漂。我和爹爹成了山上最清闲的人，拿着钱不用干活。爹爹抽着他的旱烟，我看着我的连环画。

到了第二天凌晨，传来不乐观的消息。水更缓了，可能梗住了。

爹把装备分别捆扎在两只木筏上，拿着竹篙，踩在前一只筏子上，让我跟着。他在前，我在后，两只木筏顺着水流漂下去。山陡，水道弯，而一路上却有惊无险。

没到急水湾，我们就看到了远处堆积的筏子。水太缓了。

我们试图从底部清筏，然筏叠在一起，根本无法清。

爹爹说："我们今晚就待在急水湾。"

我知道，爹爹是在等山上的来水。下半夜，下起了雨，一场暴雨后，水开始倾泻而下，爹爹喊着带我冲进湾里，用带钩的竹篙清筏。

雨越下越大，来水越来越大。爹爹狂叫着，像个玩水的孩童。来水变幻莫测，爹爹随机应变。筏子终于松动了，可始料不及的我却被来水一下子团团围住。

爹爹迎着我冲过来，用竹篙顶着一个向我撞来的筏子。因为爹爹的用力，筏子改变了冲撞的方向，我逃出了险境，而爹爹因用力过猛，竹篙断了，自己却滑入水道，就在他拼命想从水道中逃脱时，另一组筏子，径直朝他撞去。我急中生智，像爹爹刚才救我一样用竹篙一顶。还好，筏子挨着爹爹的身子一擦而过。

爹爹从水里爬起来，艰难地爬上山坡，坐下。

筏松了，疲惫的爹爹笑了。

第二天，我们随着漂筏下山。可到了山下，爹爹却瘫坐在地。原来，他被擦伤了。

受了伤的爹爹，自己用药敷着，躺在床上静养。这伤伤了爹爹的元气，养了半年，没养过来。临咽气前，爹爹跟我说，再好好悟悟漂筏的理。

我点点头。

爹爹咽气的第二年，本应我代替爹爹进山时，说不让砍伐、开采了。我家赖以养家糊口支撑家门的绝技，到了我这代便将失传了。

没承想，二十多年后，虬盘山开发漂流旅游业，我认购了一架竹筏，悠悠地撑筏，不紧不慢地赚钱，日子竟然比以前过得滋润。

灰人出海

宋仁原先在村上杀猪。宋仁个小，而人家的猪都养得挺大，宋仁杀猪挺累。村上有人去霞浦捕鱼，回来说，一年做八九个月，吃船老板的，也可净赚六七万元。闲暇时，还可蹲在船上钓钓鱼，若运气好，钓上条金贵的大黄鱼，人家收鱼的，一给就是好几万元，说那鱼泡能治绝症。宋仁听了心动了，当村上那些人重回霞浦时，宋仁撂下杀猪的行当，也和他们一起去了。

那年，他三十岁。老婆看不起他，在此前，跑了。

然出海捕鱼其实并不是啥好行当。一上船，宋仁后悔了。海大船小，出了海，船就开始颠簸，颠得宋仁五脏六腑都要乱了。宋仁从出海的第一天开始吐，一直在吐，吃啥吐啥，后来不吃啥也吐，苦胆都要吐出来了。

按行规，新上船的，吃住由船老板供给，工钱得做一天算一天。宋仁一上船就吐，根本无法做活，那工资便无从说起。就这般在海上颠了两个月，宋仁竟在船上吐了两个月，工钱没捞到一分，却捞了个绰号：灰人！

宋仁不甘心，第一趟回来后，换了条船又出了趟海，这回上的船吨位比原先大，自然平稳些，再加上两个月的适应，宋仁不再晕船，该吃就吃、该喝就喝，从船上最辛苦的活做起，两个月回来，竟也拿到了一万多元，这钱自然比杀猪要多。

宋仁便开始安心蹲在船上、泡在海里。一年下来竟也拿到了五六万元，宋仁便想死心塌地做这行当。只是，宋仁常被别人叫作reports人，似乎他的名字本来就是reports人。

因为宋仁㞞，船上的好事轮不到他，闲时打牌，没人叫他；喝酒，也没人给他让座。

出海第五年的一个暑天，宋仁跟一条霞浦渔船出海。船还算大，跑得远，政府会贴油钱。心高气盛的船老板自己驾船，跑得很远。运气好，追着旺季马鲛鱼洄游的好鱼汛，把船装得满满的。最终因为不舍得放弃最后一网，误了归程，结果遭遇上台风。

那台风是宋仁出海五年来从来没遭遇过的。风猛浪高，把渔船抛过去拽过来，船上几乎所有没系好的物件全被抛进了海里。船老板开了十几年的船，这回却㞞了，死盯着屏幕上导航的那条线，就是没法把船对着那条线，一会儿偏过来，一会儿又偏过去，开了十来个小时，人都瘫了。那船已失去掌控，如脱缰的野马，胡乱冲撞着。到了后来，船老板绝望了，十几个小时的努力几乎白费，船似乎离想去的渔港越来越远。

船老板绝望中哭着说：我完了，一辈子辛辛苦苦赚的钱都没了。十六岁的儿子也要归人家了。

船老板身边只有宋仁，其他人都被风浪颠得不敢动弹。

极度绝望中，船老板问宋仁，你能让船对着那条线吗？

宋仁说，你把船上最好的那瓶大郎酒给我，我就能对着那条线。那瓶最好的大郎酒是船老板准备满载到码头庆贺时喝的，就在手边的小柜里。

宋仁跌跌撞撞地让船老板把自己捆在驾驶座上。宋仁个子小，绳子一绑，手便能施展了。他猛喝两大口烈酒，嘴里叫着，显得很亢奋。“你奶奶的，这个大浪，我不怕你！”“你奶奶的直线，你想逃也逃不来！”“哈，你奶奶的，又一个大浪！来吧，来吧。我不怕你！”

宋仁就这么亢奋地叫唤着，人随着驾驶椅荡过来晃过去，而手却紧紧地抓着舵盘。缓过神来的船老板，似乎不相信自己的眼睛，问宋仁，你开过船？宋仁说，大船没开过，杀猪时，小啪啪车开过，一样的！

船老板累坏了，说，我把家当和性命都交给你了，你只要把船开到岸边，我就会好好报答你的。

话没说完，船老板已累瘫了，再没力气说第二句话。而宋仁却更加亢奋，喝一口酒，狂叫几声。他似乎把主宰着他的巨浪看成想要跟他斗的巨兽。他一点也不惧怕眼前这头巨兽，他把脚下的渔船当作制服巨兽的利器，凭他特有的胆气和勇猛，驾驭起这头桀骜不驯、凶猛无比的巨兽。

经过十几个小时的斗智斗勇，宋仁终于把这条渔船完整无损地驶进渔港。而屏幕上的那条直线，似乎已深深嵌入宋仁的眼睛，再也挖不出来了。

船一靠码头，船上十几个大男人竟然都跪在甲板上哭成一团。

船老板哭得更厉害，一边哭一边说，宋仁呀，你是我们的救命恩人，我一定会好好报答你！你是天生做船长的料，我要让你学驾驶、当船长！

这时，宋仁仍很亢奋，十几个小时喝着那瓶大郎酒，酒瓶已见底。而宋仁两眼红彤彤，满脸红彤彤，就连黝黑的胸脯也是红彤彤，尤其那大大的蒜头鼻子更红得泛出紫绛色。

水手们把捆绑在宋仁身上的绳子解开。抬下渔船时，宋仁仍很亢奋，嘴里喊着叫着。宋仁上岸，一睡睡了三天三夜。

等宋仁醒来，船老板安排了一个盛大的庆贺酒宴。然酒宴上，宋仁滴酒没沾。

船老板问宋仁，你怎么不喝酒了？

宋仁说，老板，你不是要让我学驾驶、当船长？我今天就戒酒了！

半年后，宋仁真的考取了驾照，可以当船长了。船老板把自己的船交给了宋仁，工资翻倍还有捕鱼分成。

后来，其他船老板也争着邀宋仁，工资更高。在那个圈子里，船老板们都说，宋仁有胆，人家不敢的事他敢。

孝　道

陈墩镇有一条孝道，远近闻名。

这条孝道，原是纪念一位陈姓的乡贤——明嘉靖年间的进士，有名的廉官。据说，当年陈进士回陈墩镇省亲时，年迈的老母已耳聋目盲。离开陈墩镇时，陈进士不顾自己已六十岁的高龄，执意背着老母从自己的老宅院一直背到停泊在镇南菱荡湖的官船上。一路小心伺候，迎回京城。陈母在京城颐养天年，寿终百岁。后人立碑，称此道为孝道。几百年间，有好多名人雅士为孝道写诗题词，更有镇上大户人家出钱捐物，为孝道铺路、筑桥、盖廊坊。路的尽头是向菱荡湖里延伸的石埂基码头。码头上是早年的建筑，唤孝亭，专供上下船的老人歇脚。

镇上有一个风俗，就是重阳节那天，家家户户要让懵懂的少年少女陪着自家的老人走孝道。

镇上开发旅游以后，走孝道成了一项传统活动，由镇旅游公司组织，所有走完全程的老人子女都可以参加评奖。市广播电台、报社、电视台每年都派记者到现场，沿路进行随机采访。

陈刚跟妈妈说，他想参加今年的走孝道活动。坐在轮椅里的陈刚，从小脑瘫，四肢瘫痪，不听使唤，在轮椅上已经坐了整整半个多世纪。

八十三岁的陈妈妈满足了儿子的请求，推着轮椅走在队伍的最后。

陈妈妈个子不高，然身子硬朗，逢人都是开朗的笑声。与所有参加活动的人家不同的是，陈家妈妈不是由儿子陪着，反而是她推着轮椅。儿子坐在轮椅里，由妈妈推着，缓缓地朝孝道的终点走去。

有记者发现了队伍后这对特殊的母子，过来想帮着推轮椅，但陈妈妈拒绝了，说没事的，我身子硬朗着呢。陈妈妈说，其实，这孝道，我们每天走一趟，这是我们母子俩最开心的时刻。

记者问，怎么个开心法？

陈妈妈说，儿子每天会在走的时候，给我讲一个精彩的笑话故事。这些故事都是他自己编的，先写在本子上，反复琢磨，最后讲给我听。他一边讲，我一边听。他的笑话确实非常精彩，听得我常常忍不住笑出眼泪。有时，儿子发现我没笑，或假笑，就会回去再琢磨。他为了编这些故事，整天听广播、查电脑、看书，如果没能让人笑出来，他就会不停地琢磨。

记者有点诧异，问陈刚，你上过学？

陈刚断断续续地说，我爸爸妈妈教的。

陈妈妈补充说，我退休前是小学语文老师，从小一笔一画教他写字读书；他爸爸是中学物理老师，后来便一步步教他学电脑。

陈刚哆哆嗦嗦好半天，不知从哪取出了一本打印本。打印本几乎磨烂了，纸张泛黄了。书名“给妈妈讲笑话”，大而醒目。

陈妈妈说，这都是他自己编的、打印的，这是他的宝贝。他做这些事，其实非常艰难，他的手指不听使唤，打一个字都要哆嗦好一阵子，但这是他最喜欢做的事。长期坐轮椅，儿子的体质很差，他常常生病，有时发高烧接近四十摄氏度，人烧得晕晕乎乎的，还记得编笑话、给我讲故事。有时，他喉咙都烧得讲不成话，还断断续续地给我讲。他编笑话很用心，每个笑话，我都会由衷地笑。儿子确实是编笑话的天才。有儿子给我讲笑话，我每天开开心心的。儿子现在学会了玩“抖音”，编了特别精彩的笑话，他录成视频，也让街坊邻居看。那些街坊邻居也特别喜欢他的视频。

陈刚插了几次，终于插上了话，说，我要给妈妈编一千个笑话，还要做一千个视频。顿了一会儿，陈刚又断断续续憋出了自己的想法，我要在我不在的时候，也能让妈妈天天听到我讲的笑话。

陈家妈妈冲记者笑笑，说，他尽说胡话。我们都会活得好好的，因为儿子是个开心果。陈家妈妈说着，推着儿子的轮椅，到达了终点。他们是最后一组。

结果出人意料，在活动颁奖仪式上，镇领导把今年走孝道的特别奖，颁给了陈刚。这其实也是记者们的提议。颁奖词是这样说的：身体残疾心灵阳光的陈刚，虽然他不能用脚，但是他却用自己真诚的心陪着年迈的妈妈走完了孝道的全程。

当镇领导走下台为陈刚挂上奖牌的时候，全场响起了雷鸣般的掌声。

为爷爷重活一辈子

一年一度的全县医护人员招考中，硕士生李阳以笔试、面试均前三名的高分顺利通过。县人民医院点名要他，李阳却选择了家乡的陈墩镇医院。然当李阳报到上班时，却换了个奇怪的名字：李银锣。

肖院长一脸诧异。

李阳小心翼翼地提供了所有的更名证明资料。

肖院长不解，问，好好的李阳，为啥改成这么个怪名字？

李阳没有正面回答，反问肖院长：您在陈墩镇好多年了，金泾村有个麻风病人，您知道不？

肖院长说，知道。我们一直把他当作重点监护对象。好几年前去世了。那是县里唯一的也是最后的麻风病人，他自己懂些医术，顽强地生存了好几十年。

李阳说，那是我的爷爷。人家都叫他李麻风，其实他的大名叫李银锣。

肖院长这才想起，说，是的，我还在想这个怪名字好像在哪里遇上过，原来是他。这就对上号了。

李阳开始讲自己和爷爷的事。

李阳出生在陈墩镇金泾村，从小是个乖巧懂事的男孩。在校，各门功课，门门头挑；在家，割草喂猪，样样勤快。就是李家摊上了个坏名声，李阳有个患麻风病的爷爷，人称李麻风。村上人都避李家。附近几个村的大人都用李麻风吓唬小孩。孩子不听话，人家用一句“李麻风来了”一吓，孩子立马安定，没声了。

其实，李阳的爷爷李麻风，一直孤身一人住在村里一个低洼的独墩上，谁也没当面瞧见过他。远远地，只见他住一个破旧的草棚，划一条破旧的小舟，赶着一群麻鸭，种着一畦蔬菜。墩上几棵弯曲的老树相伴着一个同样弯曲的整日缓慢移动着的孤影。李阳的爹，每隔一段日子送些粮食、盐巴、药品、旧报到独墩上。然李阳的爹也十分谨慎，总是把东西挂在墩边水中一棵老杨树的树杈上，再从那里拎回些鸭蛋。即使这样，李家的鸭蛋，没人敢碰。李阳家很穷，然鸭蛋却一年四季不断。李阳小时候，除了鸭蛋，几乎没其他吃的。那些鸭蛋，炒着吃、煮着吃、腌了吃，吃得李阳浑身散发鸭腥味。李阳常常被小伙伴们戏谑为“小鸭人”。

李阳爷爷住的那独墩，人称鸭蛋墩。村里人唯恐染上麻风，几十年没人敢靠近，更没人上过墩。

摊上这样的爷爷，李阳在学校里很孤独。上课时，没有同学愿与他同桌。下课时，没有同学与他游戏。李阳功课特别好，老师要推他当班长，同学们谁也不举手，即便让他当学习委员，大家也不愿意，生怕他收发作业时弄脏他们的练习本。

其实，李阳也从没见过爷爷，根本不知爷爷到底是啥样。初中升高中时，李阳以全县前十名的成绩考上了县中实验班。自此，李阳将离家住校，远离四周人异样的眼光。李阳临走时，李阳爹问李阳，愿不愿看爷爷一眼？李阳默默地点点头。李阳爹划着小舟，载着李阳，渐渐靠近鸭蛋墩。这时，一个披着麻片的老人，蜷缩在河边柴堆旁，只隐约露出小半张狰狞可怕的脸。深黑色的脸皮凹凸变形，鼻子已成令人毛骨悚然的空洞，眼皮耷拉。第一次看见自己的孙子，李阳爷爷木呆的身子抽搐着，呀呀想喊着什么，却发不了声。李阳爹大声喊，爹，孙子为您争气了，他要去县中读书了，他是附近十几个村唯一考上县中实验班的孩子。李阳只见爷爷哆嗦着身子，从披着的麻片中伸出一手，战栗着艰难地举着。李阳似乎看清，那手掌虽残缺如枯枝，但举着状如军礼，神圣而威严。

那天晚上，李阳爹跟李阳说，爷爷大名叫李银锣。抗战期间，在沪上一家中药店做工时，随几名同乡一起北上赴根据地参加抗战部队。后来随部队一路南下。在攻打甬城时，爷爷已是卫生班班长。一次执行任务时，爷爷他们中了湖匪的埋伏，爷爷身负重伤，误入麻风村，被好心的村民相救。然当爷爷走出麻风村时，发现自己已染上麻风病。爷爷生怕自己的麻风病在部队里传染，毅然脱下军装，离开了部队。就这样，甬城的烈士墓里，多了一块李银锣的墓碑。爷爷隐姓埋名，一路避开人多的地方，采药给自己治疗，几年后终于跋山涉水艰难地回到了已经解放的故乡。这时，爷爷已病得不成人形，于是选择在独墩上了却残生。后来，爷爷凭着自己顽强的生命毅力在独墩上生存了好多年。

到了县中，李阳换了新的环境，摆脱了先前别人异样的眼光，更加勤奋读书。三年后，参加高考，以高分考上了沪上一所有名的医科大学。七年本科、硕士连读，获得了很多奖学金，导师执意挽留他在身边工作。

说到这里，李阳告诉肖院长，自己勤奋学医，毕业后毅然选择回乡工作，并改用爷爷的名字，其实他是为了整个家庭的一个心愿：为自己的爷爷重活一辈子。他要用自己的努力，活出爷爷想要的精彩。

借军装

1975 年初秋，李舸升入区里最好的朝阳中学高中部。

李舸不仅功课好，吹拉弹唱样样在行。吹的是竹笛，自制的，虽土，然音色清亮；拉的是二胡，虽旧，然琴声低沉悠扬。李舸还能拉手风琴，学校的手风琴到他手里只几天，就拉得像模像样。宣传队的指导苏老师说，李舸，这手风琴就归你了，好生学着，好生保管，要拉出水准来；弹的是脚踏风琴，他几乎是无师自通。至于唱，那时流行的所有样板戏、红色歌曲、地方小戏，他都能哼哼唱唱。嗓子亮，韵味足，可以说是学校里的红歌星。

李舸读高一上半学期时，他是新生，也是学校宣传队的新队员。到了下半学期，李舸就以他特有的艺术天赋，在宣传队里独占鳌头。最终，原宣传队队长自觉让贤，李舸成为大家公认最出色的学校宣传队队长。

自从当上了宣传队队长，李舸更勤奋地钻研技艺，在苏老师的悉心指导下，进步很快。苏老师曾多次跟李舸说，好好钻研，以后有机会选送专业剧团时，学校一定推荐他。

李舸不仅是为了不让苏老师失望，其实更多的是自己非常喜欢艺术。李舸每天几乎把自己所有的精力都投入到了宣传队，排练、演出，常常忙得不亦乐乎。

只是有一事，常常让李舸犯难，就是学校宣传队没有统一的服装。学校没钱置办，只能自己解决。当时，几乎所有宣传队演出时的服装都是黄军装、白衬衫、蓝裤子、黄跑鞋。而备一件黄军装有点难。黄军装有两种：一种仿的，另一种部队正宗的。仿的似乎有点掉价。部队正宗的又分两兜的士兵装、四兜的军官装。而整个学校，只有与李舸同宿舍的韩兵有一身四兜的军官装。韩兵平时也不怎么舍得穿，总是挂在高低铺的蚊帐里。而李舸连仿制的黄军装都没有，他总想让爹娘做一件，但爹娘总是一拖再拖，始终没有兑现。平时一些小的演出，李舸总是借同学一些仿制军装，只有遇到一些重大的演出任务，李舸才开口向韩兵借真军装。

那回，镇上开三级干部会议。镇上让学校宣传队到大礼堂演出。这可是非常荣耀的事。为此，宣传队全力以赴，从节目到服装、道具，竭尽全力。演出安排在晚上，下午四点多，宣传队就出发去大礼堂彩排了。临出发前，李舸跟韩兵借军装。韩兵心里其实并不乐意，只是李舸盯得紧，才勉强同意。

当晚的演出非常出彩。李舸吹了一曲笛子独奏，对唱了一段京剧《沙家浜》片段，赢得了满场的喝彩。最让李舸兴奋不已的是，演出结束后，苏老师跟大家说，当晚的演出现场，有市群艺馆的领导、专家在场，他们要物色几位艺术苗子。为此，李舸兴奋不已，几乎一夜无眠。

紧接下来，市群艺馆的领导、专家果真来了学校几次，挑选演员。一次又一次，找了几位，据说是让展示才艺。而让李舸大惑不解的是竟然没有轮到他，这让他坐立不安。

过了几天，市群艺馆挑选的演员名单开宝了，一男一女，还让去市里进行集中培训后再最终选定。

李舸一直翘首期盼，然心里又有点不踏实。

这天下午，学校政教处主任周老师找李舸谈话，谈话内容很严肃，就是问演出那天李舸借韩兵军装的上口兜里有什么东西。李舸说没有什么，他那晚只顾演出，压根没有摸一下口兜，演出结束回寝室时就把黄军装挂回韩兵高低铺的蚊帐里了。

周老师没问出任何名堂，说了一句狠话：李舸，这关系你的前途和命运，你千万要跟学校说实话。

李舸蒙了，似乎挨了当头一棒。

李舸说，我真的没摸口兜。

当天下午，学校宣布，李舸不再担任宣传队队长，并且退出宣传队。理由，没说。

当晚，全校都在传说，李舸借韩兵黄军装里的五元人民币不见了。韩兵原本是要交学费的。李舸跟苏老师申辩，说自己没有拿韩兵的钱，谁也不知道军装口兜里有没有钱。为此，韩兵很恼火，说你反讹我是不？！有些心里本来就不舒服的同学，都站在了韩兵的一边，背后说李舸的不是。有知情的人说，李舸家里很穷，不是他拿的，更不可能是别人拿的。

要说李舸，真的是有嘴难辩。就在演出后的第五天，李舸背着铺盖卷，在夜深人静的月光下，噙着眼泪，离开了寝室，离开了朝阳中学。

辍学后，李舸跟着自己的爹，背着竹笛、二胡，在郊区穿街走巷，奔波在各个乡镇里，为一些丧户吹拉弹唱。说来也奇，只要李舸的竹笛一吹，或二胡一拉，现场的悲哀气氛会让所有在场的人怆然泪下，几乎断肠。

只是，李舸内心一直纠结着，黄军装带给他的隐隐的伤痛，一直无法抹去。

无糖饼干

巫三毛这几年年岁上去了，血糖也不准了。血糖总是高，一日三餐，得边吃饭边吃药降血糖。有时，血糖还会低下去。巫三毛的包里常常备些无糖饼干，空腹血糖低下去时，应急吃一些。

巫三毛退休后，热衷于群众文艺演出。区里成立了一个由中老年参加的“昔日芳华”业余戏剧团，巫三毛受邀当上了团长，平时应邀去基层单位、街道社区、郊区镇村，做些义务演出。因为巫三毛他们早年大多是区剧团的专业演员，“昔日芳华”剧团还是挺受百姓喜欢的，一年四季的基层演出总是不间断的。只是演出为了赶时间，巫三毛他们的用餐时间常常被打乱。毕竟都是上了年岁的人，饱不得，饥不得。这回，他们去郊区的陈墩镇，又被安排在湖边的水码头上，前不着村后不着店。大部分人乘的是大巴士，时间充裕，赶上镇上安排的便餐。而陆陆续续自己赶过去的，时间都掐得紧，有的赶上便餐，有的却没有赶上，胡乱吃些就上台了。

演到一半，老项说饿了，实在上不了台了。老项一说饿，好几位吃过没吃过的都说也有点饿了。演出在湖边，附近没有小商店。

老项血糖也不正常，平时吃得少，容易饿。巫三毛一边在忙，一边把自己的包丢给了老项，让老项自己取。巫三毛的饼干是他平时专门挑选的，虽说无糖，然口感还是挺好的。老项吃得香，其他人看着眼热，也过去取一块尝尝，都夸团长的饼干好吃，说过日也去买些。

这日演出，因在水边，有古镇建筑为背景，场景效果特别好。老天又特别帮忙，演出时，说是可能有雨，然挺着就是滴雨未下。一直到演出结束，才开始淅淅沥沥地下起了雨。下雨了，大巴士先走，巫三毛忙完一些后续的事，才在雨中不紧不慢地独自开车回城。

车走了半程，巫三毛突然觉得心里一阵阵惊慌，胸口隐隐作痛，手莫名其妙地发抖、冒汗。巫三毛神志尚清，他靠边停车，取出随身的包，习惯性地掏饼干救急。然，当巫三毛掏遍包包里所有的夹层，都没有掏到哪怕一块饼干。巫三毛慌了，迅即驱车上路。他知道，前面二三公里处的路边有一家馄饨面店，他平时路过时吃过，与馄饨面店的小老板有些熟，只不知那店晚上还开着没。雨哗哗下着，巫三毛打着双跳灯，拼命地往前赶。他尚清醒，一定要在神志还没有迷糊的时候，把车开到店门前，否则，这黑灯瞎火的雨夜，谁也不可能救他。

巫三毛感到胸口很闷，伴着一阵阵胸痛，手抽搐着，然神志还没有模糊。

巫三毛终于看见了车前方的馄饨面店，只见雨帘中透着昏黄的灯光，他抽搐得更厉害了，不知是兴奋还是麻木。巫三毛拼命按着喇叭，以求引起店家的注意。一停车，巫三毛一推车门，迅即冒雨朝店门口冲去。然雨大路滑，巫三毛只觉两条腿无力地绞了一下，身子顿时失去重心，一下子跌倒在地，压在一条小腿上，伴着身子倒地的是腿骨裂的剧痛。巫三毛无法支撑起自己沉重的身子，求生的强烈欲望，让他一边呼救，一边拼命地在泥水里朝前爬。店家小老板认出他，奔出店，拉着他跌跌撞撞地进了店堂。

巫三毛只能反复说一句话，快给我一碗馄饨，我血糖低了。小老板快速煮了碗馄饨用凉白开水冲了，只一会就端了过来。巫三毛趴在店堂里，狼吞虎咽地把馄饨一下子吃完，连碗里的汤水都一口不剩。

缓过一口气，巫三毛央店家小老板赶快打 120。

不多时，救护车到，巫三毛被送入医院。

抢救，手术，特护，巫三毛在医院里整整待了两个多月。

住院期间，“昔日芳华”剧团的队员们都来探望巫团长。来时，谁都是那么几句话，说以后巫团长可不要一个人开车了，毕竟年岁不饶人了。

至于真相，巫三毛口风咬得很紧，只字不提，也不让家人提。之后，巫三毛常常一个人在想，假如那晚大家给他留一两块饼干，他就不至于险些性命不保。然他只字不提。他不愿把责任推到队员们身上，毕竟大家不容易，退休了还到处奔波着义务演出，其实大家也不图啥的。

本　色

有一对甜美笑窝的归缨是桐城电视台的新闻主播。其实，归缨当新闻主播才一年，还只是个 B 角。有时台里有外拍任务，归缨也被安排到现场。

桐城跟响山是对口合作的友好地区。每年，桐城都要到响山搞一些有影响的活动。活动时，电视台总安排最强的阵容随队前往。这次，归缨也在其中。

几天紧张的活动采访告一段落。东道主在一处僻静的山庄安排晚宴，答谢桐城参加活动的领导、企业家、记者一行。归缨是主播，很自然地被东道主邀请坐上主桌嘉宾位。归缨不会喝酒，只拿了杯当地产的矿泉水笑眯眯地一一应酬着。活动搞得圆满，晚宴气氛自然也很融洽，酒来洒去，现场高潮迭起。晚宴结束，东道主和宾客们在微醉中握手道别。

分手道别时，归缨像明星一样，被东道主热捧着，好不容易抽身去了次洗手间。归缨是个喜欢安静的姑娘，去洗手间，其实是想暂时躲避一下东道主的过度热情。谁知，她这么一躲，竟躲出了大事。当她反身来到大厅时，所有的车辆都已经离开，包括她坐的那辆考斯特。偌大的山庄，竟然走得一个人也不留，大厅的大门也被一条巨大的链条锁反锁着。这可是在前后没人家的大山里。归缨急了，忙打带班李副主任的电话。电话竟然关机。平时，归缨也没记其他同事的号码，这下惨了。她手机里有些家人和闺密的号码，然她不敢贸然打，她不想让家人着急，更不希望把自己眼下的窘境告诉别人，让人家有所猜想，以致弄得满城风雨。

山庄外的大山，静得怕人，黑乎乎的，竟没一点灯火。大厅里苍白的灯光下，只有归缨孤身一人。归缨开始胡思乱想。她并不担心自己会没地方睡觉、没地方吃饭，她是个随遇而安的人。她只担心，这灯红酒绿的晚宴后她突然消失在公众的视线里，在没有任何人为她作证的情况下，她会被人家怎样猜测。在谁都知道潜规则的背景下，纵然她有一万张嘴，也无法在别人面前解释：此时此刻，她究竟上了哪辆暧昧的小车？注意影响，保持做人的本色，这是父亲的告诫。想到这，归缨不禁打了个寒战。其实，这么多领导、企业家的小车，她可以随便上任何一辆，她可以很私密地享受这种特权。也许，这正是大车把她“遗忘”的理由。想到这里，归缨想哭，然无济于事。

归缨环顾一下四周，大厅一边是一幅绘有响山主景的山水屏风。过道里的书报架上，叠放着好些有关响山的旅游景点、温泉、山庄、农家乐的图文资料，还有几本当地的乡土刊物《响山》，里面有文字不错的散文、诗歌、民间故事传说。

归缨稍做准备，以屏风为背景用手机给自己拍了一段视频。

“各位观众，大家晚上好！我是桐城电视台的归缨。现在是晚上九点三十八分，我在宁静舒心的响山天源山庄为您直播。响山，位于……”

视频贴在QQ空间，一会儿，朋友圈里有人点赞，说归缨的手机视频一点也不比电视画面差，很自然，给人亲和的感觉。归缨的声音很甜美。

归缨又拍了一些图片，不多时，上传到微信。归缨的图片有文字解说，还有自己甜美的笑脸，很萌。朋友圈外的点赞也来了：妹呀，响山太美了，妹更美！

归缨又拍了一段响山主景的介绍视频，图片配解说。介绍到细微处，还配诗。归缨有的是时间，足以很从容，很随意，很率性。发到QQ空间，叫好声也来了：明天就去响山，归妹妹，请在响山等我们。

随意的归缨什么都拍，拍自己喝剩下的半瓶响山当地产的矿泉水，还有那喝水时万分陶醉的神态，更萌，甚至把矿泉水的矿物质含量表也拍上去了。

归缨不停地拍、不停地发布、不停地读着观众的点赞，玩得很开心，忘却了身处的困窘和尴尬。

第二天早上，当李副主任一脸愧疚出现时，她仍在拍呀、发呀，很亢奋。她不知，这一个晚上，她视频和图片的点击量和转发量，达到了惊人的数字。一夜间，她成了明星。响山也在一夜间，响遍了大江南北。

该结束了。归缨拍最后一段视频，说，各位观众，我是归缨，谢谢大家的陪伴，再见！

放下手机，归缨哭了。

撮　合

陈墩镇中学有俩刘，远近闻名。一刘，叫刘能，高三物理老师，上海复旦大学高才生；另一刘，叫刘媛，高三英语老师，北京外国语大学俄语系高才生。其实，俩刘是没有任何关系的。刘能，男性，四十岁出头，人才引进，从黑龙江调来的。刘媛，近四十岁，也是人才引进，从新疆调来。她是上海人，早年去新疆，无力回上海，便选了离上海不远的陈墩镇。

因有俩刘，陈墩镇中学高考成绩辉煌，每年高考录取率直逼市高中，从市里转学来陈墩镇求学的学生也不少。

俩刘兢兢业业，一门心思扑在教学上，平常时，教室、宿舍、食堂，三点一线。

大家都知道，俩刘单身，至于以前有没对象，大家都不清楚。在一次校长例会上，周校长说，俩刘是我们学校的宝。两个人也老大不小了，若是谁找了对象，结婚成家离开我们陈墩镇，那我们学校损失就大了。最好的办法就是撮合他们成为一对，在我们这里结婚、成家、生孩子，我们学校可以给他们安排一套房子，把他们的心牢牢地拴在这里。这事，大家都要出力，尤其李校长夫妇得出面，做好工作。

会议以后，大家开始分头行动。有的分头给俩刘传言，说学校最近几年要给教职员工分住房了，双职工优先，你们得抓紧物色对象了。李副校长去找刘能，说刘媛怎么怎么好，愿意帮他成全秦晋之好。李校长夫人程老师去找刘媛，说刘能怎么怎么好，愿意帮她穿针引线。俩刘本没有过多的想法，看在李副校长夫妇的面上，都勉强答应先处处看。周末，李副校长夫妇忙碌着，把俩刘约到自己家吃饭。吃了饭，夫妇俩让出小院子让他们俩喝茶说话。谁知，俩刘在小院子里干坐着，就是不说话。第一回牵线，就这样不尴不尬地收场。

第二回，李副校长夫妇事先都做了工作。俩刘都答应互相之间说说话。吃过晚饭，俩刘在小院子喝茶。还是刘媛主动，先开了口。刘能也不敢冷落刘媛，也说开了。在厢房里的程老师悄悄过去跟李副校长耳语，说，他们俩嘀嘀咕咕不知在说啥。李副校长凑近小院子一听，险些笑出声来，俩刘在用俄语谈情说爱。至于说啥，他一句也听不懂。第二天，李副校长兴冲冲去跟周校长报告。周校长听了扑哧一下笑了，说，有戏！

于是，学校上下全都创造机会让俩刘在一起。教导处更绝，给俩刘的课表做了精心的调整，以确保他们俩能同出同进。尤其是中午，第四节课都给他们俩腾出时间，让他们俩可一起早进食堂，安安静静地吃饭说话。俩刘在一起的时候，总是叽里呱啦说些谁也听不懂的话。

过了半年，俩刘突然向周校长提出请假一起去上海，探望患病住院的刘媛父亲。周校长自然一口应允。俩刘匆匆出发。周校长跟李副校长说，这下真的有戏了。谁料想，刘能独自先回，刘媛续了几天假，迟迟才回。回校了，俩刘互相见了形如陌路人。周校长急了，让李副校长出面了解。问刘能，刘能说，自己也不知道刘媛怎么会突然不理他。问刘媛，刘媛说，刘能在自己家人朋友面前表现太差，让她大失颜面。再问刘能，刘能挺委屈地说，其实自己真的不知道哪里做错了。两人不再同出同进。

平时，俩刘进的是相同的两个高三教室。教室留言板上，刘能写了一段话，好像是俄文，关照学生谁也不能擦掉。刘媛见了，让值日生擦了。值日生说，男刘老师不让擦。刘媛恼了，自己擦了。如此反反复复，刘能写，刘媛擦。最后刘媛不知写了一句啥话，也是俄文的，刘能见了愣了老半天。

到了暑假，镇上出钱让高考有功的教师去江西婺源游玩。俩刘都要请假，周校长不允。到了婺源，刘媛突然胃疼呕吐不止，刘能当然义不容辞，与其他同事一起送刘媛去县医院就诊。谁承想，刘媛患的是急性阑尾炎，得马上住院手术。让谁留下陪刘媛手术呢？几个女教师都说家里有事需要随队赶回，若让其他男教师单独留下陪护，确有点尴尬。最后，还是周校长说，刘能，你回去了也没事，就留下吧。刘媛正在疼痛时，自己也做不了主。

于是，俩刘与团队分开，留在婺源县城，一个手术，另一个陪护。医生让家属签字，刘能签了。手术前后，刘能鞍前马后一直陪护在刘媛的身边，不管刘媛愿意不愿意。尤其是手术后，刘媛憋尿急了，要上厕所，自己一时做不了自己身子的主，只能由刘能护着帮助。

刘媛不说话，刘能用英语跟她说，病房里有人在议论，说你是哑巴。刘媛用俄语回击了他一句，你才哑巴！于是，俩刘在病房里一会儿英语、一会儿俄语，谁也听不懂他们俩说啥。

刘能问，我的表现好吧？

刘媛说，你这是伪装的！

刘能说，我是真心待你好！

刘媛说，在我爸妈兄妹面前你过不了关，就永远别想进我的家门。

刘能说，那我们先结了婚再说吧。

刘媛说，你想得太美，做你的大头梦去吧！

刘媛出院，两人分手。一人回了学校，另一人去了上海。

几天后，刘媛从上海回来，跟刘能说，我们去领结婚证吧。刘能简直不敢相信自己的耳朵，半信半疑地问，你爸妈真的同意了？你是怎么说服他们的？

刘媛带着一些沮丧，说，我爸妈仍旧没有同意，不是嫌你人不好，而是他们已经帮我在上海找好了接收单位，让我调回上海。

刘能说，那你去吧，这里毕竟是乡下。

刘媛说，我想通了，就跟你一起在乡下吧。住院的那些天，我一直在想，找一个心仪的单位不易，找一个心仪的人更不易，我不想再等了。

残　鸟

一场突如其来的大冰雹之后，骨科病房里送来一位摔伤老人。

老人七十多岁，说自己姓秦，那时的人们都叫他秦麻雀。

小时候，我常见他。那时，他还不老。我们一个村的。

秦麻雀家里孩子多。农闲时，他常常出去逮麻雀卖了贴补家用。

秦麻雀逮麻雀的功夫真是了得。

他用榉树枝丫做的皮筋弹弓弹麻雀，杀伤力非常厉害，一弹一个准，弹无虚发。他用大匾罩麻雀，设计得很巧妙，支一根短棍，短棍上拴一根细绳。大匾下撒些瘪谷，引麻雀。麻雀来了，只消一拉细绳，便能扣住几只贪嘴的麻雀。下雪时，这法挺管用。我蹲在他身边，常见他一个晌午就能逮几十只，我也曾试过，只逮了一两只。到了晚上，秦麻雀在竹园里更是身手不凡。那时村里家家有竹园。秦麻雀携一根韧劲十足的钢竹和一柄小钢叉。在小竹丛边，他只需用力抡几下，那竹丛里栖息的麻雀定被他抡得晕头转向，跌扑在地，他捡了放进竹篓里。那时乡下草垛草屋多，那些愚笨的麻雀睡觉时把头钻进草垛或草屋顶里。秦麻雀用一柄小钢叉只轻轻一叉，便是一只麻雀。

其实，这些都只是秦麻雀逮麻雀的一些小技法。

秦麻雀有好几张自织的丝网，都是专门用来逮麻雀的。他把这些大大小小的网，隐秘地架在稻田边、晒谷场上，连上他专门设计的机关。秦麻雀藏在树丛里，只等那些肆无忌惮偷吃稻谷的麻雀一群群落脚，他从容地依次扣动机关，那些大大小小的丝网如被施了魔法一般，一张张从稻田里、晒谷场上神奇地跃起、张开、扣下，麻雀们纵有再大的本事，也无法从这些天罗地网中逃遁。

至于秦麻雀用老铳打麻雀，场景则显得非常惨烈。秦麻雀用的铳是他爷爷辈上留下来的。铳身粗大而溜滑，铳管也粗，用的是铁珠散弹，一扣扳机，一股硝烟中，一扫一大片。那些饱餐后得意忘形借着大树嬉戏的麻雀，总被一大片横扫的散弹打得鲜血直流。

秦麻雀的收获每次都是非常丰盛的。秦麻雀的院子里，常常上演着恐怖的杀戮场景。不知为了啥，秦麻雀在大肆实施杀戮前，总要点燃一把劣质的香，也许是为了驱散满院的血腥，也许为了内心对于被杀戮者的怜悯。

其实，秦麻雀还是烧煮麻雀的高手。他常年把一口大锅支在自家的院里，先用盐、酱油、茴香、八角把洗净的麻雀稍加腌制、风干，用急火把麻雀烧熟，再浸在老汤里。这样晒制的麻雀，经嚼、有味、满嘴留香。烧好了麻雀，秦麻雀便悄悄地用一个小担子挑去陈墩镇上卖。秦麻雀卖烧熟的麻雀不用吆喝，他有他的常客。

邱镇长是秦麻雀的老顾客，他喜欢秦麻雀的腌制老汤麻雀，有时自己候住秦麻雀，有时让食堂里的老肖来候。

邱镇长爱食麻雀，自有他的一番理论。邱镇长大会小会都讲，那些可恶的麻雀，跟我们老百姓争粮食，可恶极了。它们快乐了，我们就快乐不起来了。最可恶的是稻谷瘪的时候它们来抢吃、稻谷饱满的时候来抢吃、晒场时还要来抢吃。其实，只要我们大家都吃麻雀，十亿人一人消灭一只，这“四害”的大害就害不起来了。

邱镇长不只吃秦麻雀的麻雀，还在年终时给秦麻雀发奖状，授秦麻雀为陈墩镇除“四害”标兵。于是乎，那些年，秦麻雀收了徒弟，被这里那里邀请着外出逮麻雀。逮了麻雀，加工了卖掉，赚一些。人家邀他们，也给些小贴补，免费给他们歇脚的地方，还给他们一些柴草。

这当然都是先前的事了。

老秦的手术是我的同事做的，手脚都有伤，做了很长时间，然手术还是蛮成功的。

我和同事一起巡查病房。老秦神情蛮好。我问，怎么会摔成这样？他老伴唠唠叨叨地说，老秦打了大半辈子的麻雀，拿了几十张除“四害”的奖状。他总觉得这辈子欠了麻雀一身的债。后来，麻雀不让打了，说是国家保护了。他脑筋突然转过来了，去做啥护鸟队队长，白天黑夜到鹿山去护鸟，七十几岁的人了，吃呀住呀，都是马马虎虎地对付着。这不，一场大冰雹，几百只鹭鸟被冰雹打死打伤了。死的，他生怕人家捡回家吃了，都捡了埋了。伤的，有的卡在树上，他七十几岁的老骨头爬上爬下去救鸟。这不，鸟救了不少，人成了只残鸟。

听到这里，我细看老秦，手术后的手脚绑着、牵引着，人朝天躺在病床上，确实有点像一只被打残的大鸟。

后来，我又去病房看过老秦，也见护鸟队常有人来看他，跟他汇报。一说护鸟的事，老秦脸上就乐呵呵的，全然不像四肢伤得如此厉害的老人。

买船

钱总带着几名部下到江南旅游景点考察。钱总是北方一家大旅游开发公司的老总，考察的去处自然是全国各地的旅游景点。

一路上过来，钱总一行到了江南水乡陈墩镇。

陈墩镇是个旅游古镇，这几年做足了水资源旅游开发。原有古镇区内的水道，疏通的疏通、复原的复原。水道两旁，水乡元素的景致，经专家团队精心设计修饰，让人有了回到外婆家的感觉。

陈墩镇原本就是个水镇，出门皆舟楫，四十来岁的男女大多会摇船。开发旅游后，镇旅游公司专门打造了一批特具江南风格的小木船，精致、安稳、别有情趣。公司还专门招募了一批本地船娘，教了外语，教了船歌，方可上岗。水道中，伴着欸乃橹声的是船娘的歌声、旅人的舒心。

镇旅游公司接待办副主任刘浏接待了钱总一行，还专门挑了艘明星船。那摇船的秦嫂，五十来岁，身杆苗条，皮肤白皙，一笑俩酒窝，唱起歌来银铃般清脆悠扬。秦嫂上过好多卫视台，镜头前摇船唱歌，落落大方。钱总对这手摇木船情有独钟，几次三番起身让秦嫂手把手教摇船。钱总摇船的悟性蛮好，当然秦嫂教人摇船也有经验。几次下来，钱总竟能摇上几橹，引得部下称好，拍了好多照片和视频。钱总自然得意，一圈下来竟提出再来一圈，意犹未尽。

只是过了午饭时间，大家都已饥肠辘辘，刘主任征询钱总说，我们是不是先吃饭下午再来几圈，若有兴致，晚上月夜里静静地摇船，韵味更好。

钱总这时也觉得饿了，点头示意大家上岸用餐，并再三邀请秦嫂做伴。秦嫂婉言说，吃了您的饭，我这船上的饭就吃不下去了，公司有规定。钱总顺势说，那你就到我们那里去吃饭嘛。我委任你做部门经理。众人都说好，然大家都知道这是逗趣的话，谁也不当真。

午餐，镇旅游公司安排的是工作餐，按规定六菜一汤。刘主任生怕怠慢客人，事先已跟钱总的助理私下透露了。

到了餐厅，钱总吩咐助理，这餐我们安排，本地的土菜，本地的好酒。刘主任推让一番，也没多坚持。开开心心一桌人，酒杯觥筹交错，不一会就进入高潮。

席间，钱总突然问刘主任，这船，能买到不？

刘主任说，估计能买到，我还得问问同事。

钱总说，那你现在就问。

刘主任随即问了，说，我们镇上有家小木船厂，全手工传统工艺打造。秦嫂的弟弟就是这家小木船厂的老板。

钱总一下子来了兴致，说，那厂远不远？我们吃了饭，去看看。你先预约好，让那老板候着。

酒过九巡，钱总还牵挂那小木船，酒足饭饱后便起身去秦嫂弟弟家的小木船厂考察。那厂在长纤湖的一个浅滩上，几间旧房子，几个明瓦搭的凉棚。凉棚里搁着两条半成品小木船，跟镇上旅游用的那船同款。

钱总打听了船价，一听，心里一乐，便宜。最主要的是北方，没人能打造这船。

钱总说，我要十条。

秦嫂弟弟说，得预订，先付订金，否则一下子备了那么多料，请了那么多师傅，万一你们不要了，我就走投无路了。

钱总说，这你放心，我们把财务科科长都带来了，刷卡吧。于是，定船样，拟合同，刷了二十万元订金。

天上突然掉下来的馅饼，让秦嫂弟弟一时不知如何是好，随即让手下伙计开车去附近鱼簖上买新鲜的野生水产，有甲鱼、黄鳝、鳜鱼、白虾、鳗鱼。还按客人的意愿请来了秦嫂，让姐姐秦嫂亲自掌厨，做了一顿丰盛的水产宴。酒是村里老强家自酿的，一个电话，老强把最好的一大甏陈酒送了过来，喝得大伙连连称好。钱总说，这考察就是好，你不考察谁知道江南有这么好的小木船、这么好的自酿酒。这酒，我们也要开发，先带一些回去，到时请老强过去指导。

钱总一行考察结束后回去了。

这边，秦嫂弟弟请了好多师傅日夜赶工，一口气打造了十条船。完工后，秦嫂弟弟跟钱总那边沟通，留的几个电话终于打通了一个。

秦嫂弟弟问，船好了，你们啥时来取船？

对方说，你送来，我们咋取呀？！

秦嫂弟弟问，一千多公里，叫我怎么送呀？！

对方说，你问我，我问谁呀？！

秦嫂弟弟说，那你问钱总呀！

对方说，他呀，出事了，进去了。说着，电话断了。

那十条船，一天天搁着，秦嫂弟弟不知如何是好。毕竟收了人家的订金。

斗酒

陈墩镇是个酒乡。以前，每年初冬时节几乎家家酿点酒。到了春节，每家都会拿出自家酿的酒招待亲朋好友。

陈墩镇的酒，其实每家都是不同的，叫法也不同，然大体分为三大类。一是白酒，有的称为老白酒。直接用乡下产的新米酿制，白白的，如米汤；醇醇的，微甜。一喝一大碗，老人小孩都能喝。喝这酒，气势大，酒量好的，三碗六碗九碗地喝，喝得肚里咣咣的，也就个微醉。二是黄酒，有的就称为老酒。老酒，色酱黄，味更醇，也是用当地的稻米酿的。陈墩镇男人女人大多喜欢喝这酒，绵绵的，软如琼浆，如温一下，冬日里呷一口，浑身暖暖的，越喝越暖，飘飘欲仙，最终怎么醉倒的也不知。谁都说，陈墩镇这老酒，水忒深、后劲忒大。三是烧酒，无色，浅浅的微黄，酒味足，若柜台上打碎一瓶，半街都能闻到。只是这酒仅有镇上的陈味酒庄酿得。酿这酒，得有拌料、发酵的厂房，还得有烧酵料、滤酒的设备。陈味酒庄酿的这烧酒，大多灌装的是二两半的小玻璃瓶，人称手榴弹，价廉物美。有老喝酒的，随手买得一瓶，装在兜里，吃早面时掏出，边吃面边喝酒，正好面吃光时酒也喝光了，人不醉却红光满面忒精神。到了酒席，一喝一长溜的小瓶子，边点数便喝酒，似乎喝的就是那情趣。

镇上的酒多了，自然也杂。有的是酿了自家喝的，量也不大，好歹也无所谓，然有些是酿了拿出来卖的。这样一来，陈墩镇的酒也一直参差不齐，有的价廉物美，有的名声远扬，有的却名不副实，有的则在忽悠客人。自陈墩镇开发旅游后，游客慕名来买酒品尝的也不少。镇上因此成立了一个酒业合作社，规定酒不好的，不让入社。

这年冬里，陈墩镇酒业合作社搞了一次斗酒大会。据说，这还是陈墩镇首届斗酒大会。各大小酒庄、酒户，都可携酒参加。

王老师，家传酿酒技艺已经好几辈了，然以前酿的酒只供亲朋好友享用。去年，王老师退休在家，无所事事，便想着重拾老祖宗家传的酿酒技艺，在自家的老院子里多酿几缸酒，也好改善些生活。其实，王老师也不缺钱。

到了斗酒会那日，有喝过王老师家酒的朋友来撺掇他参会。然到了斗酒会上，轮到王老师推介自家酒时，王老师一脸懵懂，说我也不知道我家的酒咋样。有人说，你自己酿的酒总知道自己酒的味道吧。王老师说，我真的不知道。还说自己从不喝酒，自然不知道自家酒的味道。众人笑了，酿酒人不知酒味，少有的怪事。

斗酒会上的评委，其实是所有参加大会的人，有游客，也有酿酒师傅。每人进会场时，可领得五枚围棋子。每家酒庄或酒户的摊位前，都放着一大串小酒盅和一个大碗。小酒盅是供人免费品酒的，大碗是供人投围棋子的。按大会规则，看谁家摊位前碗里的围棋子多少定名次。

王老师拿了两坛酒，二十来斤。可能是王老师推介自己酒的时候，躲躲闪闪的样子，故而王老师酒摊前的人稀稀拉拉。有好事者，跟王老师开玩笑，说王老师你今日不喝喝自家的说说啥味道，我们就不投你的围棋子。王老师说我实在不能喝。好事者说，那就喝一盅。王老师说一盅也喝不了。好事者起哄，那就喝一勺。被人家缠得没法，王老师只能硬着头皮喝了一勺。谁料想，只那么小小的一勺酒，酒劲说来就来。王老师说我醉了。众人大笑。王老师眼色迷离，确有醉意，摇摇晃晃朝会场大门外走去。会场用的是镇上的老宅，门槛高，王老师到了那高门槛前，人摇晃着竟连门槛也无法跨过，干脆一屁股坐在门槛上，扶着门槛快快欲睡。众人越发开心，你一盅我一盅，喝起王家的酒来。说来也奇，王老师这酒，与其他所有人家的酒都不同。说是黄酒，初看酒色，却比一般人家的黄酒酱色更浓。一喝，沾唇。抿在嘴里，厚厚的，醇醇的。喝了，盅里挂杯，嘴里回味无穷。有懂行的人说，这酒不仅用了上好的稻米，还用了好些上好的血糯。酒里的水分收得干，显得厚，后劲更足。然老黄酒里的水分不是说收就能收的，这定是王老师家祖传的技艺。众人一试，果然如此。好酒，自然大家都想尝，不一会，两坛酒一下子就见了底。没尝到酒的不甘心，连盛酒的坛子、喝酒的酒盅都拿走了。

王老师晕晕的，回家睡觉，等他醒来，斗酒大会早已散了。待他回到会场，那里早已空空如也。

第二日，酒业合作社的金社长给王老师送奖牌。说王老师的酒得了陈墩镇首届斗酒大会的冠军。王老师说，真的没想到大家喜欢这酒。金社长说，王老师，你这酒，总得有个名吧。王老师说，就叫王家酒吧。金社长说，不行，镇上叫王家酒的已有三家，王家酒、老王家酒、王家老酒。同行的钱秘书长说，我看就叫“王一勺酒”吧。

就这样，“王一勺酒”一下子出了名，一时节好酒难求。然王老师也是个生意上的木讷人，他酿酒，每年就那么五大缸。价呢，一直是当初的那个价，虽说比有的酒要贵些，然从不涨价。而且，年年斗酒总得冠军，而且还遥遥领先。

有研究地方志的竟找出“王一勺酒”的出典，说王老师祖上是耕读人家，出过好几位进士，做过大官。王家喜欢酿酒，就是没人能喝酒，大多就一勺酒的量。想过去那老王家的好酒，是专门待客的。

陈墩镇有“王一勺酒”这样的好酒在头里挺着，酒乡的名声更响了。

抢 救

钟彤正在病房里会诊时，突然接到弟弟急促的电话，说是父亲钟老爷子突然心脏病发作，120 救护车正在赶往医院的路上。随车的弟弟问哥哥钟彤，是送他所在的三院，还是送就近的一院。

电话里，钟彤用丝毫不容置疑的口吻跟弟弟说，马上送我这里。其实，钟彤虽说是三院的副院长，然他却是中医妇科专家，与心脏一点也不搭架。而院里知情人都知道，钟彤与分管心脏内科的何副院长是一对冤家。两人虽然都是三院里得力的技术干将、权威、专家，但常常为一些不同的意见争得脸红耳赤。在院务会议上，常常是钟说钟有理，何说何有理，而院长总是安静地坐在那里耐心地听他们争执，最终做个和事佬，各人意见采纳一半。让人看不懂的是，这些年中，偌大的三院，在一个和事佬院长，二个冤家似的副院长的管理下，风风雨雨，竟然风生水起，医疗业绩、设施投入、服务态度、百姓口碑，一路攀升，已经攀升到了几所市一级大医院的前茅。

好多人都看不懂，局里也知道钟、何两位副院长冤家对头一般，生怕过于内耗，影响了医院的管理与发展，曾跟院长摊牌，准备把两人调走一人，甚至许诺其中一人可去其他医院当院长。然院长不表态，说去问他们二人。奇怪的是，钟、何两位就是铆着劲，要作对似的，谁也不愿意离开三院，就这么一直较着劲。

钟彤电话才挂，三院抢救室便接到了救护中心的紧急指令，不多时，一名年迈的危重心脏病病人被直接送入抢救室。几乎就在病人到达的同时，何畏副院长已踏入了抢救室，有值班医生小声跟何副院长耳语，说病人是钟副院长的父亲。何畏摆摆手，似乎不愿被任何与抢救无关的事打扰。何畏来到病人抢救床边，只见病人因室颤停搏，自主呼吸消失。何畏紧锁眉头，一边看着几位值班医生在持续胸外心脏按压施救；一边有条不紊地调集人马，把涉及心血管内科、重症医学科、急诊医学科、呼吸科、麻醉科，几乎医院全部顶级医护专家都调集了过来。时间一秒一秒过去，多巴胺、肾上腺素一一注入病人的体内，病人闭塞的血管一一被打通，自主呼吸开始渐渐恢复。

第一轮抢救暂告成功。支架植入手术需马上进行。

手术需签字，值班医生联系钟彤。钟彤进抢救室，二话没说，签了字就走。值班医生想说些什么，钟彤摆摆手，似乎不愿打扰正在紧张进行着的抢救。到了门口，钟彤跟弟弟轻声交代了一下：你在门口待着，不要随便说话。

二个多小时后，弟弟打来电话，跟钟彤说，老爷子手术好了，已转入重症监护室了。钟彤只轻轻地说了一声：知道了。

钟彤会诊结束回副院长办公室时，正好何畏手术结束也回办公室。

钟彤第一次客客气气地跟何畏说：谢谢！我代表老爷子谢谢你！

何畏笑笑，问：不想听听老爷子的详细情况？

钟彤也笑笑，说：不用了，心血管，你是权威。

下午，又是三院例行的院务会。按惯例，院长说了几个需要商议的议题。

何畏先说，一是一,二是二，说了一通自己的意见。

何畏说完，钟彤没有说话。这是第一次，要是以前，他早急不可耐地说自己的意见了。只要与何畏不合的地方，两人便开始争执，一直到争得面红耳赤。这些年来，和事佬院长也早已习惯了。

钟彤没说话，院长反倒有点不习惯，说，钟副院长，你看呢？

钟彤犹豫了一下，说，我不同意何副院长的意见。我讲三点。

列席院务会的中层干部都想笑。最精彩的是有人在院内部朋友圈里发了一条信息。说，钟副院长的老爷子还在何副院长分管的心血管内科重症监护室躺着呢，钟又翻脸了。大家都在跟帖中“呵呵”地笑着。

钟彤刚说完，何畏又说了一句，反正我坚持我的意见，最后决定，由院长定。

院长又做了一回和事佬。

十天后，钟老爷子出了重症监护室。半个月后，钟老爷子要出院了。出院时，钟、何两位都来到了心血管内科病房，一个是分管院长，另一个是病人家属。

钟老爷子当着儿子的面说，何副院长，你以后甭理我儿子那臭脾气。谁都讨厌。

何畏笑笑，说，其实我也是。

钟彤、何畏两人第一回相对一笑。

偶　遇

半夜，乔敏忙完手上的事，想着第二天要开车出趟远门，便急急到镇外加油站去加油。

加油站外小路转角明亮的灯光处停着一辆银灰色外地牌照的宝马小车，小车旁站着一位年轻女子。女子拦了一下乔敏的车。

乔敏犹豫一下，停下车，放下车窗玻璃。

女子轻声说，大哥，我是路过的，跟男朋友闹翻了，走得急，身边什么都没带，油没了，车走不了了，您能不借些钱，我回家后还您？

头一回遇上这种事，乔敏不知是真是假，犹豫着。

女子一脸诚恳，说，大哥，我实在无奈，您给个微信号，我一回家就还您。半夜抛在这里，人生地不熟，真的有点怕。

乔敏瞧瞧四周，没啥异样，这年轻的女子似乎没有设局作假。

乔敏拿了一张百元钞，递上。

女子接了，迟疑一下又说，谢谢大哥，能不再多借些，我还有好多路。

乔敏犹豫着又递上了二张百元钞。

年轻女子谢着，跟乔敏要微信号。

乔敏说，算了，便开车去加油，然等他加了油复又经过小路时，见那车没动，女子可能坐回车里。乔敏心里咯噔一下，有点不是滋味。

跑了一天长途，乔敏回到陈墩镇。心存疑惑的乔敏专门绕了镇边几个加油站，想看看那辆宝马车还在不在，然没见。只是等他回到小区停车时，惊呆了，他的车位上停着那辆银灰色宝马。

晚饭时分，有人敲门。乔敏开门，愣住了。那敲门人也愣了一下，不是别人，正是加油站边偶遇的年轻女子。

乔敏一脸疑惑问，你怎么找过来了？！

年轻女子也是一脸迷茫，问，大哥，您住这里呀？！缓一下神，女子问，大哥，不好意思，我问一下，相梅是您什么人？

乔敏轻声说，我妻子。

女子又问，她在家吗？

乔敏说，她走了。

女子不解地问，去哪了？

乔敏不愿回答，警觉问，你到底是谁？

女子说，我俩是同学，曾经的闺密。因为一个人，毕业前，我们不再亲密。我是从另一位同学处知道她这个地址的。女子又问，我能进去说话吗？！

乔敏没说啥，让过半个身子。

女子进得屋，说，我能在你这里简单弄点啥吃的吗？

乔敏指了指厨房。

女子便进了厨房，挂上相梅的围兜，像回自己家一样，淘米、洗菜、打蛋、起油锅，把原本冷清的厨房重又弄得风生水起、饭香缭绕。半晌，女子竟像女主人一样，端出做好的饭菜，招呼乔敏用餐。

乔敏跑了一天，饿了，端碗朝嘴里扒饭菜，吃得很香；女子靠乔敏坐下，而乔敏示意她坐另一边，在原先的座位上加了一套空餐具。那餐椅上分明搭着一件休闲女装。女子一惊，然女子似乎也饿了，顾不得淑女的矜持，坐下开始用餐。

饭后，女子跟乔敏讲起了自己和曾经的闺密相梅的往事。女子说，大三时，隔壁班有个男同学追求相梅。相梅似乎心思并不在这，不接受也不拒绝。而我们又常在一起，同学们都说我和相梅是班上的两朵姐妹花。追不上相梅，那个男同学就想从我这里撬开缺口，于是常变着法子，邀我们看电影、吃餐馆、逛大街。一次偶然的机会，我们得知，这个男同学家里拥有几千万元的资产而不张扬，他喜欢相梅的淡泊。一次放假，他约相梅去他家。相梅犹豫着，没有答应他。而我不想放弃这一绝好的人生际遇，有意候在他回家的车站，设了一个小计策。我成功了。我去了他家，见到了他家的企业、豪宅，我暗自得意。开学后，我们常常单独约会。相梅似乎知道了我们的事，渐渐和我冷落了。毕业后，他决意要去内地援教，逃避家庭对他的安排，我不愿跟他去受苦，我们分手了。后来，我找到了自己的归宿，嫁了一家好人家。然半年后，我们分手了。我实在受不了他对我的背叛。然我也从这次失败的婚姻中，得到了应有的财富，过上奢华的生活。然而，生活从一次加油而转变。

那回，我去郊外的加油站加油，小路转角处停着一辆黑色外地牌照的宝马车，小车旁站着一位年轻男子。男子拦下我的车。跟我说，大姐，我是路过的，被生意朋友设局骗了，随身所有的东西都被他们劫走了。我逃得急，身边什么都没带，油没了，车走不了了，您能不借我些钱，我回家后还您？头一回遇上这种事，我不知是真是假，犹豫着。结果还是给了他五百元钱，也留了微信。没想到，这男子，几天后就加倍还了我钱。通过微信，我们渐渐熟悉、走近。他约我去看他的企业，我去了。时间一长，我发现受骗了。我的好多钱被他卷走了，这次我冒险去找他，结果只能出逃，身边所有的东西都拉下了。我走投无路，只能就近找以前的闺密，我想请求她的原谅，更想请求她的帮助。我身无分文，连买个手机卡的身份证都没有。

乔敏没有说啥，女子临走时，给了她一叠现金，送她上路。

几天后，乔敏微信上收到了女子二千三百元钱，还有一段留言：大哥，其实我是一个骗子，然你太善良了。知道你还生活在妻子的气息里，我实在不忍心把你骗下去。

留言后，那女子连同微信号、手机号一起神秘消失了。

后来，乔敏跟人说起这事时。他说，其实，我知道她在骗我，因为相梅的事源于她生病时写的最后一段博客，网上谁都能读到。这是她这辈子一直对我耿耿于怀的往事，但谁也不知道那男生就是我。骗子以为，相梅人走了，她的事就无人核实了。当年，我曾赌气跟她的闺密表面亲热冷落她、刺激过她，但这个闺密绝对不是她。后来，我去内地援教，我们重又走到了一起。

其实，乔敏是一位很低调的企业家。相梅走了好几年，他还一直一个人过着寡淡的日子。因为他心里觉得亏欠着一直深爱的她。

变故

诸家是陈墩镇上排得上名的殷实大户，祖上中举、做官多人，到了一九四二年，诸家已有良田百亩，布庄南货店多家，全家老小过着富足安舒的日子。

陈墩镇地处江浙沪三省市交界，二十世纪四十年代，正值兵荒马乱的时期，湖匪猖獗。偷盗抢劫杀人越货，时常不断，一时内忧外患，百姓生活苦不聊生。诸家自然也加强防范，加固院墙，雇用家丁，还派人出义工值更。

然百密终有一疏，某日，诸家一对十三岁的龙凤双胞胎在上学时不见了踪影。

一直到傍晚时分，才有人在诸记南货店门口发现了一个小竹篮，篮里放着一只血淋淋的断手掌和一封要挟信。南货店里的伙计见状急去诸家报告。

诸家撑门面的是诸元朝，也就是双胞胎的爷爷。

诸元朝取过竹篮一看，心为之一紧，他认得，那断掌是常负责护送双胞胎上学的家丁阿四的左手，急急取过要挟信一看，那信证实诸家那对心肝宝贝的龙凤双胞胎已被歹徒绑票，光天化日之下，连同贴身护送有些武功的阿四一起绑走，足见对方并非等闲之辈。要挟信上要诸家速筹现大洋三万块，否则每日送上手或足一只。第二日，果真在布庄边的小弄堂里发现了另一只断手掌和第二封要挟信，信上要诸家把现洋三万块在当天傍晚时分放在淀山湖边的三叉港口点着桅灯的小扯篷船上，放上现洋后，解开缆绳让其一路顺风漂移。

三万块现大洋，对于诸家来说，也是个撑破天的大数目。搜遍了全家各店各房，一日之间也只筹了五千块大洋，无奈之际，只能依绑匪所要求的先把五千块现洋放在小扯篷船上，任风漂走。现大洋里自然还附了一封请求宽限的书信，诸元朝在信中坚称，即使卖田卖店卖房，也一定会筹上现洋三万块，只是容对方宽限几天，并力保双胞胎平安，且留下家丁阿四性命。

第三日，深夜，黑灯瞎火中，诸家正在惴惴不安的焦虑等待之中，园丁又在院中捡到一枚飞射而来的箭，箭身上绑着第三封要挟信，要挟信上要诸家依老法子日送五千块现洋，限时三日，否则撕票。

诸家无奈，只能四处求人卖田地、卖店铺、卖房产，然镇上大户人家，一是怕露富也同遭厄运；二是兵荒马乱之际，也实在无人有添置田产家业的心思。故诸元朝，跑遍了镇上所有的有钱人家，筹钱之事仍屡屡碰壁，只借得少许现洋，也只是杯水车薪。唯有开药铺的田老板，答应帮诸家一把，只是条件相当苛刻，一大摞田契，几乎是白送，只换了四千多块现洋，但这对于诸家来说已是救命稻草。

药铺田老板，其实也是近年中才来小镇落脚的外来户，人家有多大背景，有多大实力，诸家一无所知。只是田老板答应，可以通过生意上的朋友，帮诸家筹钱，条件是诸家一定要给田契、房契。

于是，紧接着的两天中，诸家一大摞田契、房契，变成了现大洋，再一次依老法子送进淀山湖。如此这般，诸家开始生疑，在送出的现大洋上，秘密做上记号，结果果真在田老板处第二次拿到的现大洋中，发现了这些秘密的记号。然事已至此，诸家已变卖了家中几乎所有的房产、田产，只留下一处祖传的老屋和一些祖上传下的古玩字画。所幸的是绑匪最终还是信守诺言放回了诸家的那对龙凤双胞胎和已双臂残缺的家丁阿四，问起绑票的细节，三人懵懂中只记得路上僻静处被人蒙了嘴鼻，后来一直晕睡着。

诸家想报官，但想想整个绑票过程中，并无真凭实据，镇上有被绑票而报官的，但谁也奈何不得这些穷凶极恶的绑匪。只是只几天之间，诸家从一个殷实家庭沦为平常人家，全家老小只能是欲哭无泪。为从长计议，诸家青壮年中有的出外谋生，有的出外读书，家丁、伙计们也抹着泪，念着东家的好各奔东西。

自诸家沦为平常人家后，靠变卖仅有的一些古玩字画苦苦度日，然时下局势紧张，诸家老小也开始遍尝普通百姓在那些困苦日子里所经历的百般辛酸与苦难。尤其那对龙凤双胞胎，缺少了殷实家庭的呵护，也和苦人家的孩子一般，早早地懂了事，更因为家里为了解救他们而耗尽了家财，越发使他们早早地成熟。不几年，便出外学徒做工开始自食其力，稍有节余，总不忘往家捎些钱物，虽少得可怜，但也足见双胞胎的一番孝心。

与此同时，药铺田老板，几乎一夜之际成为陈墩镇上的首富，不几年，便有了田地数百亩，店铺也盘到了好几十家，妻妾成群，武装家丁，更是前呼后拥，在陈墩镇上更是翻手是云，覆手是雨。

然到了一九四九年三月，陈墩镇解放，不可一世的田老板被定为恶霸地主，被人民政府公审后枪决了。枪决的那天，正下着大雨，诸家全家老小相拥着早早地去候着，默默地看着田老板扑倒在污泥水里的样子，觉得很解气。

拜　年

李勤考取大学后，已经好多年没回老家陈墩镇了。母亲给李勤说了几家人家，说是这些人家，或是他们老李家的近亲，或是他父亲生前的至交，或有恩于他老李家的好人，你今年回来了该好好去拜拜年。

陈墩镇有个旧习，就是大年初一早上小辈得一一去给长辈拜年。这回，李勤是带着年迈的母亲回陈墩镇过年的，虽说住在宾馆里，大年初一一早还是按照旧习出门给长辈们拜年。然李勤毕竟离家多年，谁家住哪，确实也不怎么了解，只能按母亲说的打听着一一拜访。

按照母亲的吩咐，李勤第一个拜访的是老宅隔壁的老金家。

敲门，老金开门。老人家虽一头白发仍精神矍铄。

一见李勤，老人乐了，问你是谁呀？

李勤说，我是原来隔壁住的小勤子呀。

老金说，小勤子呀，你小时候我就说你以后会出息的。果然，我听人说你现在有大出息了。

李勤知道，老金早年也是读大学出去了，只是受了冤屈被赶回老家，几十年前一直靠在镇头桥边摆个修钟表小铺子给人修钟表过日子。老金很聪明，从没拜过师学过，然钟表修得挺好，收费也低，靠这手艺养活单身的自己。当年的老金被叫作隔壁老金，他们的老宅是个大院子，里面住着好多人家，大人们大多在镇木业社、搬运社、竹业社工作。好些人家孩子多，日子过得挺拮据的。到了交学费交不出时，大人被逼无奈，总会想到隔壁老金。老金其实手头上也拿不出多少钱，他总是把钱分成几份，有一元有两元，让几个孩子都应应急。其实，当年的几元钱已经是大钱了。只是，男人碍于脸面，不愿出头。女人出面多了，男人又会不乐意，似乎损他的脸面。李勤小时候，他妈有没有跟老金借过钱付学费，李勤不大清楚，然老金一次次说李勤以后会有大出息的话，他却清清楚楚地记得，有时他在外闯荡中有好几次遇上难事觉得很消沉的时候，他会突然想起隔壁老金小时候对自己的赞。老金赞李勤时是由衷的。李勤一直把老金看作镇上最聪明的人，他甚至把老金的赞看成了对自己将来的预言。李勤小时候非常崇拜多才多艺的老金，李勤的母亲也常常跟李勤说，隔壁老金是个有能耐的人，是镇上第一个考取大学走出去的人，只是受了冤屈。

老金处拜年出来，李勤跟人打听老金目前的生活状况。邻里都说，老金现在日子过得挺滋润，早年的冤屈早有了了结，恢复了很好的工作，退休后回了老家，一个月有一万多元工资呢。九十几岁了，身子挺硬朗的。当年他帮过的一些人家也常常去照顾他。

回到宾馆，李勤心里仍有个小小的结没有解开，问母亲，当年自己家有没有跟隔壁老金家借过学费？

母亲非常肯定地说，没有！

李勤不解，问，那为啥要给他第一个拜年，谢他呢？

母亲说，你小时候，有一次，你爸被人冤枉了，一些跟他结过仇的人揪着他不依不饶，你爸一时想不开想走绝路，是老金一路上追着你爸，跟你爸说一句话，让你爸回心转意。

李勤问，啥话？

老金跟你爸说，你孩子以后会有大出息的，他敢肯定。

童　车

七岁的区歌骑着自己的童车跟妈妈说，我一个人玩很无聊。

妈妈就势说，妈妈给你生个小弟弟，跟你一起玩好吗？但你得把童车让给他玩。

区歌把童车一摔说，我不要小弟弟！我可不愿意把童车给他玩呢！！

过了一段时间，妈妈正式跟区歌说，妈妈真的要给你生小弟弟了。

区歌听了嘴一噘身子一扭生气了。生气的区歌，不再玩童车，而是折腾着把童车的两个小轮子给拆了。轮子紧，毕竟力气小，区歌用了好几把扳手，花了九牛二虎之力，好不容易才把两个小轮子给拆了下来。童车上的小轮子，在大后轮的左右，区歌自玩童车起，就靠这两个小轮子。有了这两个小轮子，区歌玩童车，不用大人扶。有了这两个小轮子，他能够一个人左右打转、自由来回。拆了两个小轮子后，区歌仍然可以骑着童车左右打转、自由来回。区歌有点小小的得意。妈妈发现，区歌似乎一下子长高了好些。只是，妈妈又发现，区歌把拆下来的两个小轮子藏了起来，藏在谁也找不到的地方。妈妈没有拆穿区歌的小阴谋。

又过了一段时间，妈妈忙着整理添置小衣物、小物件，告诉区歌说，小弟弟马上要出生了，你得把童车的两个小轮子找出来，再装上去。否则小弟弟，就没法玩你的童车了。

区歌听了妈妈的话，嘴噘得更高。背着妈妈，区歌竟然把两个大轮子也拆了下来。本事真的不小。只是，拆这两个大轮子，区歌折腾了好半天，动用了家里最大的扳手。不但拆下来，还把两个大轮子藏在更隐秘的、谁也找不到的地方。

自此，只要妈妈一说小弟弟，区歌便是一副漠不关心的样子。

妈妈终于生了一个小弟弟，全家都在忙碌。区歌则一个人沉浸在自己的游玩中。

妈妈生的小弟弟可能太小太羸弱了。妈妈生完小弟弟回家后，小弟弟却独自留在医院里。全家更忙碌了，好像全然不顾区歌的存在。饿了，区歌他自己会找吃的；脏了，他会自己爬进浴缸洗澡；困了，他会自己脱了衣服睡觉。

过了几个月，小弟弟回家了。

小弟弟真的很小，小手小脚小脸蛋，睡在区歌以前睡过的大摇篮里，更显得小小的。

妈妈很认真地跟区歌说，你是大哥哥，接下来你要看好小弟弟、护好小弟弟、带着小弟弟一起玩。

区歌嘴一噘，说，我才不要当大哥哥呢。区歌照样自己一个人玩自己的玩具。

区歌一个人玩得没劲了，便想到去惹小弟弟。区歌摸摸小弟弟的手，摸摸小弟弟的脚，又摸摸小弟弟的小脸蛋。没料到，小弟弟竟然是个开心果，摸他的小手，咯咯地笑；摸他的小脚，咯咯地笑；摸他的小脸，更是咯咯地笑个不停。最神奇的是当区歌再去摸他小手时，小弟弟竟一把紧紧地抓住区歌的手指，咯咯笑着，两只小脚乱蹬。

区歌喊妈妈，妈妈，小弟弟抓住我不放。

妈妈说，你不要弄疼小弟弟，你是大哥哥了！

区歌不说了，任由小弟弟抓住他的手指，趴在摇篮边，看着小弟弟傻笑。

一会儿，区歌撇下小弟弟又自己去玩了。这次，区歌拿出童车、工具、大轮子和大扳手，把以前拆下的两个大轮子一一装了上去。

装上大轮子后，区歌骑着自己的童车在小弟弟的摇篮四周兜圈子，边兜圈子，边逗小弟弟笑。

小弟弟天生的爱笑，咯咯地笑个不停。

骑着骑着，区歌跟妈妈说，我要让小弟弟坐在我的车上。

妈妈说，弟弟还小，等他长大了，你带他骑。

第二天，区歌又把两个小轮子装了上去。

妈妈见了，有意问，区歌，怎么想着把小轮子也装上去了呢？你不是不用小轮子了啊！

区歌说，这是我的秘密，我不告诉你。

躲猫猫

陈墩镇粮库和家属大院是紧挨的。

粮库，是国家粮库，专门收购、储藏陈墩镇附近几百里地上好的稻谷。

粮库很大，与家属大院割舍不开，几扇小门互相贯通。这是为方便大人们二十四小时上下班进进出出。偌大的粮库，也是家属大院孩子们玩躲猫猫最好的乐园。

寒假到了，阿兰、阿菊也加入了尽情疯玩的行列。

阿兰、阿菊是一对双胞胎，她们玩起来可一点不比男孩子逊色。男孩子们敢玩的，她们都敢玩；男孩子不敢玩的，她们有时也敢玩。

这天，轮到她们躲猫猫了，为把自己藏严实，她俩竟想了一个别人绝对不会想到，甚至不敢想的大胆想法：在成堆成堆的稻谷里，挖一个深深的坑，一人藏进去，头上盖一个竹簸箕，另一人把她掩埋好，再用大木印盖上印痕，让人永远不可能找到。因为她们是双胞胎，轮流着藏。这样玩，是要有胆量的，埋进去的那个，有点憋气，有时在巨大的仓库里一藏就是半个多小时。她能够这样安安静静藏下去，其实她心里挺坦然，她们双胞胎永远是不离不弃的。在外面周旋的另一个，绝对不会丢下自己。

阿兰、阿菊赢了。她们赢了一次又一次。

小伙伴们一个个绝望了。他们根本没法找到阿兰、阿菊中的一个。他们输了以后，心灰意冷的，一个个溜回了家。

到了最后，阿兰、阿菊中的一个，这才把谷堆里的另一个扒出来，开心地在谷堆上打滚，庆祝自己的胜利。

这天，阿兰、阿菊最后两个回到家属大院。等她们即将走进家门时，天色已暗了。

做了十几年粮库验谷员的爹堵在门口，手里拿着笤帚。阿兰、阿菊第一回见爹铁青着脸，心里怕怕的。

爹拿着笤帚指着地上的报纸说："你们俩听好，粮库里玩了，不准经家门，先把衣服、裤子、鞋子全脱下来，把头发也解开来。"

阿兰、阿菊在爹的笤帚的指挥下，脱衣、脱裤、脱鞋、解辫子。寒风中，她们冻得牙床咯咯打战。外衣、外裤、鞋、辫子里的谷子，窸窸窣窣掉在报纸上。

爹像平时验谷一样仔细把她俩检查一遍后，方让她们重新穿上脱下的衣、裤、鞋子。这才把报纸上的谷子聚拢来，包成一小包。说："去，把报纸里的稻谷交给值班的刘叔。"

阿兰、阿菊不敢犟，噙着泪去了，又回来了。

爹问："交了没？"

阿兰、阿菊说："我们交了。"

爹又问："错了没？"

阿兰、阿菊声音哽咽着，说："我们错了，以后不敢了。"

此次后，阿兰、阿菊真的再也不敢去躲猫猫了。

老师喊你去上课

小鹏 15 岁时不想去上学了。那年，他爹过世，他娘走了。他开始跟自己的叔叔过日子。小鹏的叔叔是阳澄湖上养蟹的，不缺钱，缺的是人手。小鹏说不想上学了，他叔叔没说同意也没说不同意，只是说，你以后长大了可不要怪我。小鹏说，我已经长大了。我的好几个同学都不想上学了。

不上学的小鹏，随着叔叔进湖养蟹。叔叔家睡大船，小鹏睡小船。那小船是小鹏爹爹留下来的，已经很旧，修了修，仍是很旧。叔叔让小鹏睡在大船上，小鹏不愿意。刮大风的时候，叔叔总担心小船会沉掉，半夜里常常起身看看小船，加固加固船缆。

小鹏在湖上的时候，需划着小舢板巡查围网、加固围网、给蟹喂食。然在湖上的时候，也不是挺忙的，有空的时候，小鹏便躺在船头上打发时光，挺无聊的。

叔叔时常开着小快艇去镇上筹办些物品，有时见小鹏无聊便带上小鹏。

以前，小鹏在镇上初中里上学，有好些同学，同进同出，很是热闹。不上学了，小鹏再来到镇上，同学们都在学校里上课，见不到一个同学，镇上的街道也显得冷冷清清的。其实，小鹏也怕见同学。见了同学，他不知自己如何面对是好。因为，他属于不辞而别，就像部队里的逃兵。他知道，周末会遇上同学，然每逢周末，他就选择留在湖上。其实，他很想周末到镇上看看。

秋风刮了，湖面上随着一阵阵的西北风渐渐地寒冷了下来，然一年一度大闸蟹旺季也随之到来了。大闸蟹是个好东西，尤其阳澄湖上的大闸蟹更是个好东西。每年到了大闸蟹上市的旺季，有一批批的客人，老老少少的，喜欢赶到湖边直接从湖里捞蟹煮了吃个新鲜，甚至赶到湖中间在渔船上吃。小鹏也开始忙碌起来，跟着叔叔一起接送客人、扎蟹、杀鱼洗菜。

到了周末，客人更多，有外面上海、苏州、昆山赶来的，也有镇上过来的。客人多了，也遇上了同学。遇上同学，小鹏常常一愣，不知说什么，继而回避。同学总是惊喜中大声喊，小鹏，老师叫你去上课。

时间长了，常有同学遇上，跟他说，小鹏，老师喊你去上课。

奇怪的是有一回，有个跟他年龄相仿的女初中生，冲着他说，小鹏，老师喊你去上课。

小鹏说，我不认识你。

那女初中生说，我可认识你，你叫小鹏，我的老师也是你的老师。老师知道你在湖中船上，老师喊你去上课。

其实，小鹏读书时的功课，也不差。他喜欢英语、语文、地理，这几门功课挺好的。尤其是英语，他以前一直想当一名导游，可以走遍世界。小鹏读英语特别刻苦。教英语的盛老师特别看重他。他想，也许是盛老师喊他去上课吧。

盛老师是位年长的女老师，英语说得好，人也和气。他也知道盛老师住在哪。一日，小鹏跟着叔叔到了镇上。小鹏跟叔叔说，他要去看看自己的老师，给老师送几只大闸蟹。叔叔自然答应，给他挑了一篓最壮实的大闸蟹。小鹏去了，然没有找到盛老师。邻居说，盛老师住院了。

小鹏找到了医院，见盛老师躺在病床上，腿上和下半身裹满了绷带。小鹏迟疑着不敢进病房。徘徊中，小鹏听过道里的人在说，病房里的老师，去乡下喊学生到学校去上课，不熟悉乡下的小路，从桥上骑车下坡，结果直接从拐弯的桥墩上摔下去，把大腿骨、大髋骨全摔断了，在医院里已经躺了整整两个多月了。

小鹏听了，像做贼一样，从医院里逃了出来。回到湖上后，小鹏跟叔叔说，老师喊他去上课。叔叔说，想通了就好，我以前没有机会好好读书，现在做啥都吃力。你是得好好读书。

然小鹏第二天仍然没有去上课，他只是骑着自己的旧自行车一个个村子转悠，看见年龄差不多的同学，不管认识不认识的，就喊，老师喊你去上课。尤其是那几个说好一起辍学的同学，他都找到了，跟他们说，老师喊他们去上课。

半个月后，小鹏回到了学校。回到学校的小鹏，私下里听校长在跟老师们说，奇怪了，前段时间派了那么多老师下乡劝辍学同学返校，没几人返校。最近几天，没老师下乡，反而有好几个学生自己返校了。

小鹏听了，内心有一点点小小的安慰。

放鹞子

陈墩镇人把放风筝，称为放鹞子。姚遥的爷爷是陈墩镇民间放鹞子的高手，他自己制作，自己放飞。各式各样的鹞子，总是吸引着无数人争相观看，啧啧称赞。

小时候，爷爷常手把手教姚遥制作各种鹞子。姚遥也常跟爷爷一起去广场上放飞 。爷孙俩一起制作的鹞子既漂亮又安稳。姚遥还参加过多次中小学生风筝比赛，获得过不少奖呢。

爷爷常说起在老家双洋湖边放鹞子的那些得意的事，令姚遥心痒。

十五岁那年暑假，姚遥随奶奶回了一次陈墩镇老家，只是爷爷已经去世了。这次，姚遥带了好些各种体形的鹞子，盼望着在爷爷说的双洋湖边，一展身手。

双洋湖离镇五六里地，湖面宽阔，浩浩荡荡。然骑车到了湖边，姚遥这才发现湖边很难找到理想的放飞场地。除了庄稼，还是庄稼。他好不容易选中了一处杂草丛生的老岸。这是一处湖边的小平台，能小距离助跑。平台比湖面抬高三四米，齐刷刷断崖式的老岸，正好可拉起鹞子，不易栽地。

然姚遥还是高估了自己放鹞子的技能，助跑了，拉起了，鹞子并不像在广场放飞时那样驯服。湖面上的风，要么没风，助跑距离短，拉起了扬不起来；要么风太猛，稍一拉起，便在大风中挣扎，最终栽下湖面。试了十几次，姚遥把所有携带的鹞子都折腾完了，还是没放成功。湖面上的风，桀骜不驯，如一匹匹野马，姚遥根本无法驾驭。

然姚遥是个不把鹞子放成功决不罢手的少年。他从网上邮购了专门的器材，决意挑战双洋湖。

几天后，几架为抵御扬程短、风力大而特制的鹞子，终于自制成功。姚遥带着新的装备，又来到湖边老岸那处平台上。这天，湖面上的风比平时还大些，吹得湖面上涌起层层的波浪。姚遥一下子亢奋起来，做放飞准备。姚遥先选了一架体形最大也最漂亮的鹞子。为确保放飞成功，姚遥决意孤注一掷，把摇轮结结实实地捆绑在自己的腰间。为了抵制大风，姚遥又选了大号线。

一切准备就绪，姚遥一拉岸边的鹞子，鹞子正如姚遥所愿，腾空跃起，又被巨大的风力顶住。那鹞子似乎通了灵性，一吃风力，便精神抖擞向远处湖面高处急速飞去，恰好姚遥把摇轮拴在腰间，那线拽着摇轮的速度，快到姚遥根本插不上手。可谁料到，姚遥这天真的想法，其实是犯了一个致命的错误，二百米长的大号鹞子线拉出去后，那鹞子飞出去的巨大惯性，一下子把姚遥整个身子拉了起来。那拉力似乎有了魔力，一边是无边无际的天空，一边是十五岁姚遥弱小的身躯。姚遥一下子跌扑在地，试图支撑住自己的身子，但鹞子的拉力完全超出了姚遥自身的力量。只一小段助跑的距离，鹞子便把姚遥拖到了断崖式的老岸边。只一步，姚遥便将掉入浩浩荡荡的大湖。姚遥竭尽全力，双手乱抓，最终就在老岸的最边缘处，双手死死地抓住了几枝老树枝。姚遥用尽吃奶的力气，一次次扭曲身子，这才把自己的身子、腿脚，卡在老树枝丛中。但鹞子巨大的拉力，在与他拔河，在与他做生命的对抗。

姚遥，只身一人，与其说是对抗着鹞子，其实可以说对抗着魔力无边的大自然。姚遥势单力薄、孤立无助。他的错误就在于把摇轮捆绑得太紧，生怕不牢。如此绷紧，他根本无法解脱。专业放飞线，又特别坚固。姚遥又双手紧紧地攥住老树枝不敢松手。风越刮越大，姚遥真的体会到了命悬一线的绝境。

远处，有一艘机动船经过，很远。姚遥大声呼喊，但实在太远了，对方一点反应都没有。反而，姚遥似乎看见有几个人拿着手机在朝他和鹞子拍摄。他绝望了。

姚遥知道，只能靠自己自救了。风很大，他不敢松手松腿，唯一的办法是用牙齿咬住放飞线。姚遥用牙齿咬住绷紧的、坚固的放飞线，牙齿磨着、磨着……

天色渐渐晚了，姚遥还在坚持着，磨着，磨着，不断地磨着……满嘴血腥味，然他不敢多动。

突然，姚遥腰际一松，放飞线终于被他的牙齿一点又一点磨断了。姚遥大哭一场，跌跌撞撞骑车摸黑回到镇上，如生了一场大病。

第二天，镇上传出一则精彩的微信视频：湖边老岸上有人在大风中放飞巨型的鹞子。姚遥也看到了，只是视频里放鹞子人小到比小蚂蚁还小。没有人能发现他正经历着一场前所未有的异常艰苦的生命劫难。

捣蛋鬼

李禀八岁时，跟妈从省城下放落户到了陈墩镇的金泾村。这村离省城很遥远，是他妈出生的地方。

李禀妈是这村考出去的唯一的大学生，现今却回到村里种田。李禀妈除了会读书，从没种过田，跟着村里的妇女下田干活，出了好些洋相。因李禀妈干不了啥活。所以每天拿的工分很少，还常被村里人笑话，说“读书有啥用，连起码的工分都挣不到”。

李禀八岁，原先在省机关实验小学读三年级，转到金泾村小学，还读三年级。然李禀读了一个礼拜，再也不愿意去读书了。

李禀妈问：“为啥呀？”

李禀噘着小嘴，支吾半天，说：“老师、同学都骂我捣蛋鬼。”李禀妈很奇怪，在省城，李禀一直是五好学生，于是问：“你上课捣蛋了？”

“没！”

“那为啥老师、同学都骂你是捣蛋鬼呢？”李禀妈一脸疑惑，问。

“李老师上语文课，拼音读错了。我说老师你读错了。”

“你插嘴了？”

“没有。我举手的。”李禀一脸委屈。“李老师上算术课时，算错了。我跟他说，他骂我捣蛋。”

这李老师，其实是他们远房本家。小时候顽皮，根本没好好念书。现在他爹做了支书，为他谋了这代课差事，教中年级的语文、算术、唱歌、体育。啥都教，啥都不会，又不让人说。李禀上课时说他教错了，自然捅了他的马蜂窝。

李禀不愿意去读书，李禀妈也没法子。其实，李禀妈也不愿意李禀在学校里受人欺负。

李禀的亲舅舅，在镇中学当代课老师，教数学、物理，还做班主任。李禀舅听自己的姐姐说了李禀的事，便跟姐姐说：“就一个文盲，你别跟他一般见识。李禀不愿上学，到我那里去旁听。我跟校长说。”

过了几天，李禀真的跟着自己的舅舅在陈墩镇中学当旁听生。舅舅教初一数学、物理，还当初一某班的班主任。李禀就在舅舅的班里。

李禀个小，舅舅专门给他找了一张小课桌，让他坐在讲台边。

班里的大哥哥大姐姐比李禀高小半个身子，下了课自然把他当成小弟弟，逗他玩。因是班主任的亲外甥，谁也不会欺负他，反而谁都哄着他、宠着他，把他当成班里的宝贝。

开始时，班上的大哥哥大姐姐，除了逗他玩，谁也没有把他当作自己的同学看。课代表收作业本时，常跳过他。而李禀坐在第一排，总是把自己的作业本放在全班作业本的最上面。班上常有同学赖作业，然李禀从来没赖过作业。他的作业总是写得端端正正，做得周周正正。因李禀的作业本总在第一本，有时老师批改时就以他为范本，核对其他同学的作业。这样一来，班上谁也不敢小觑李禀。到了期末考试，几门功课成绩一公布，大哥哥大姐姐们明显感到了压力。李禀的成绩，全都考到了前五名内。大家诧异了，开始对他刮目相看。第二学期，课堂里的学习气氛明显变了，原本有些松松垮垮的现象明显好转了。

初中，只需读两年。李禀十岁时，竟然拿到了初中毕业证书，成绩还是年级前五名内。

李禀舅跟校长要求让李禀读本校的高中。校长本想让李禀舅接着上高一的数学、物理。这样，校长自然顺水推舟地让李禀参加中考。初中四个班，高中两个班，一半学生能升学。李禀考了第四名，自然顺利升入高一。李禀舅仍然是他的数学、物理老师、班主任。李禀仍然坐那张小课桌，讲台边。因李禀仍比班里的大哥哥大姐姐们小几乎小半个身子，大家仍宠着他，尤其是那些大姐姐们，有时亲昵得有点过了度。这个走过去在他左脸上摸一把，那个走过去又在他的右脸上摸一把。李禀舅见了，只是在那里笑。

高中两年很快过去了，李禀终于长高了一点。参加完毕业考试，李禀拿到高中毕业证书。他是 1977 年的应届高中毕业生。

李禀 12 岁拿到了高中毕业证书，等于他再也不能进学校读书了。李禀妈犯难了。

这年 10 月，全国开始高考。李禀舅复习应考。李禀没地方去，跟着舅舅，成了跟屁虫。学校里几乎所有的代课老师，都全力以赴复习备考。大家沉浸在迎考的紧张氛围中，学校宿舍、食堂、教室，甚至每个角落，都弥漫着复习的气息。只要谁有一本复习资料，没几天就会变成几本或几十本手抄本；只要谁有一两道足以叫绝的题目，没几天就会被大家争相刺探。李禀舅，是迎考大军中的中坚力量，新资料往往会在第一时间传到他手里，叫绝的题目也往往会在第一时间出现在他案头。其实，大家更需要有关难题的正确解读和解答。李禀成了跟屁虫，啥时吃、啥时睡，他舅舅其实也没多大在意。12 岁的小孩，跟大人一样在忙碌。其实，更多时候，李禀在专注地听大人们讨论难题。而李禀的专注，似乎成了一个吸盘，甩也甩不掉。

到了初考，李禀妈说也让李禀试试。初考成绩出来，大家惊呆了。李禀舅考了全镇第一，而李禀只跟舅舅差了十几分。到了复试成绩出来，全镇更是一片哗然，小学里的“捣蛋鬼”，12 岁，竟考了全镇第六名。一个月后，录取通知先后到达。全镇人更是惊呆了，李禀舅考上了北方那所非常有名的工业大学，李禀竟然被省农大破格录取，成了全省年龄最小的本科生。然李禀没去，毕竟太小了，他妈不放心。复读了二年，14 岁那年，李禀考上了科大的少年班。

李禀原先小学里骂他“捣蛋鬼”的本家李老师，第一年初试就没通过，后来没能继续代课，干起了卖耗子药的营生，到处漂泊，日子过得紧巴巴的。

女汉子

尹燕爹娘没离婚前，她似乎是个多余人，没人管她吃饱了还是穿暖了。她是怎么一天天长大的，似乎没人知道，也没人在乎。而到了尹燕爹娘离婚时，爹娘谁都要争她的养护权。爹要争她，然爹在城里没有住房，没有固定的工作，更没有户籍，自己常年在几所民工子弟学校当体育代课老师，整天忙、居无定所，又不赚钱，法官自然不能把 17 岁的女儿判给他。娘要争她，娘在陈墩镇上推销保险，虽说忙，但有自己的住房，收入也相对稳定一些。于是，尽管女儿不愿意，法官还是把女儿判给了娘。

来到娘生活的陈墩镇，尹燕一肚子不愿意，没有叫一声娘。娘找了几次校长，好不容易把尹燕送进镇中学插班读初三。临分手时，娘再三关照，你要好好听老师话，不要闯祸。可是，娘前脚走，班主任后脚就来了电话，说是尹燕把人家同学给踢伤了。娘惴惴不安地赶到学校，赔不是。政教处主任说，尹燕说上去没错，是两个蛮狠的男同学欺负她的同桌，但她出脚也不能那么狠，把一个的牙踢松了，把另一个踢得满地打滚送进了医院。娘不敢责怪尹燕，只管自己在那里抽泣，一边抽泣一边骂尹燕的爹。是他从小教女儿练没有套路的散打，弄得女儿在外老是闯祸。尹燕闯祸的代价是娘赔了钱，又被学校责令休学一周反省。

尹燕在镇上逍遥了一周。回到学校，尹燕俨然成了同学们心中的偶像。

放暑假了，娘专门关照尹燕，镇上不比城里，这里到处是水，你不要到水里去玩。这话好像倒过来提醒了尹燕，她找到了镇上五六米高的急水港大桥，跟少数几个胆大的男孩子一样，从桥栏杆上一跃而下。而她如飞燕一般入水的姿势是最优美、最潇洒的。娘听人说后，几乎要气晕了，又开始骂她爹，是他把女儿惯得像个野孩子。

娘无奈，无奈的娘跟尹燕说，这里水大，你不要游到双洋湖里去，那湖里常淹死人。第二天，尹燕就独自游进了双洋湖。那是怎样的一个大湖呀，从湖这岸开船到对岸，还得一个多小时。尹燕朝湖里游了一个多小时，又往回游了一个多小时。别人告诉娘的时候，娘的双脚都在不住地颤抖。

娘实在无计可施了，跟尹燕说你千万不要游到湖里的水埭独屿上，那里埋着几千年前的死人。第二天，尹燕独自游到了湖中的水埭独屿上。那是一片水草丰茂的低洼独屿，小半个篮球场那么大，低低的几乎与水面平，没有人迹，只有长途飞行中歇脚的鸟儿。尹燕突然觉得，人躺在低洼的水草上，足以体验水天一体的感觉，身下是凉爽的湖水，身上是炙热的阳光。覆一层清水，烤一阵烈日，尹燕觉得自己的皮肤在呼吸大自然的精华，越发黝黑紧致。尹燕，喜欢水，很小的时候，就被爹丢在游泳池里，整天整天。因为爹要在整个暑期一天不落当教练、当救生员，赚生活费，而把女儿丢在游泳池里是最安全的带娃方式。尹燕从小在游泳池里长大，练就了一身游泳本事，然在一次次的女子少年游泳比赛中，虽说她速度、爆发力都很好，但总比不上有专业教练训练的对手，她总只能屈居冠亚军之后。但尹燕不甘心，她知道自己的实力，她要挑战女子铁人三项，而游水塚独屿，似乎是她的最佳选择。当别人告诉娘，尹燕一个人在水塚独屿上晒太阳时，娘几乎要崩溃了。娘跟尹燕说，你这么犟，我可管不了你了，你去找你爹过好日子去吧。尹燕一副漫不经心的样子，说："我可不要你管。还有，你哪天好好地管过我呀？！"

尹燕每天依然我行我素，从急水港大桥一跃而下，游进双洋湖，在水塚独屿上晒一段时间太阳，再游回镇上。每天如此，似乎在跟娘示威。

半月后的一天，当尹燕从水塚独屿往回游的时候，湖上风大了，而且愈来愈大，她是顶着风游的，然风大浪高，又把她打回水塚独屿。她试图顺风游，然顺风游的湖面更宽，她不敢尝试。只能躺在水草上，等风小下来。可她不知道，这是台风，这时还不是台风全部发威的时候。她被困在独屿上，孤立无援。风愈刮愈大，浪越打越高，她只能躺在独屿中间的低洼处，不敢站起身子。此时的风浪，足以一下子把她打得老远。尹燕第一次觉得有点害怕。第一次盼爹这时候能过来救她。

风浪施虐着，威力越来越猛，尹燕为了自保，只能用手在身边低洼处挖坑，她想只有给自己挖一个小坑，躲在坑里，才不至于被更大的风浪打走。不知过了多少时间，坑挖成了，尹燕躲在坑里，成了泥人。累得筋疲力尽，肚子也饿得咕咕直叫。

又不知过了多少时间，远处驶来了一艘白色的快艇。艇尾插着一面国旗。过一会儿，艇上的高音喇叭开始喊话：“独屿上的人听好了，风大，我们的艇没法靠近，我们抛救生圈，抓住救生圈套在身上。”高音喇叭喊了一次又一次，救生圈也抛了一次又一次，终于有一次稳稳地落到尹燕的身边，尹燕用救生圈套住自己，被艇上的人拉上了艇。

原来，娘一发觉台风来时不见女儿的人影，就急了，报了警。110联系上了在附近巡航的航政艇，救了尹燕。

艇靠岸时，围观的人很多，尹燕一副满不在意的样子，而娘则瘫坐在岸边。

台风过后，尹燕又去游水塚独屿，走出家门。似乎突然想起什么，回身进屋，冲着娘，迟疑地喊了一声：“妈，我去训练了。”

娘听了，一愣，“嗯”了一下，眼泪涌了出来。尹燕走后，娘忍不住哭得泪人似的。

青梅竹马

尹燕和姜三从小在一个机关家属大院里长大。

两人从小一直在同一个幼儿园、同一所小学、同一所中学，甚至同一个班级，慢慢地长大。尹燕功课好，人泼辣，做事风风火火，一直是班级的小女汉子，专门欺负男同学；而姜三天性耿直，特立而行，从不理会别人对他的恩怨，默默做自己的事。姜三的母亲常年卧病在床，为料理家务，姜三的功课常受影响，平时总落在后面，只有到了大考才会咸鱼翻身，让人不敢小觑。尹燕谁都敢欺，就是欺不动姜三。

高三那年考大学，踌躇满志的尹燕一脚踏空，与梦中的清华失之交臂，而姜三又超常发挥，比平时提高了几个档次，两人竟然被同一所高校、同一个专业、同一个班级录取。入学后，尹燕各个方面出类拔萃，又一次成为班中，甚至年级中的女汉子，姜三却仍不显山露水，功课虽不怎么好，然总能幸运过关。

大学毕业时，两人又一次鬼使神差地进入同一个单位。于是，有人为他俩牵线撮合，说你俩从小青梅竹马，又门当户对，简直是天生一对地就一双。然两人都冷漠地回复热心人，我俩不合。

几年后，两人都找到了心仪的爱人，成了家，事业上也有了发展，两人先后当上了所长，一正一副。所长尹燕还是那种风风火火的脾性，好多部下敬而远之，而副所长姜三，虽说好多事都顺着尹燕，但工作上总有一些牵扯不清的事，免不了有个不快，争个脸红。

一次，为上报一批数据，两人意见又一次没法达成一致。尹燕和姜三的数据，来自不同的部下，出自不同的角度，其间存在明显的差距。尹燕气冲冲地把姜三从家里叫出来，试图说服姜三认同她的数据，而姜三却一副漫不经心的样子，说："你怎么报，是你的事，因为你是所长。而你要我认同你的数据，是不可能的，因为这是我做事做人的底线。"

两人一直在争辩。

尹燕试图强行说服姜三，说无论从大局出发，还是考虑本所利益，这些数据都得坚持她的口径，而尹燕费了那么多的口舌，竟没能让姜三松口。

最终，姜三发话，怎么报，你是所长，当然你说了算，我反正是不会签字的，你如果嫌我碍事，你可以打报告，把我的职务给免掉。说着，姜三拉门想走。

尹燕恼了，女汉子脾气上来了，把手里的文件夹摔得噼啪直响。殊不知，此时的尹燕，已有七个多月的身孕，动不得肝火。这样发火一摔东西，估计肚里的小宝宝也吓坏了。尹燕突然满头虚汗、脸色煞白，捂着肚子哎哟直叫唤，身子瘫了一般。

姜三原本也在气头上，窝囊气憋在心头，见眼前突然而来的一幕，心软了，想走的步子收了回来，缓过神来，小心探问，你要紧不？

尹燕有气无力，往日女汉子的影子一下子没了，眼神像绝望中的小鹿一样迷离无助，喃喃呻吟，姜三，救救我！

眼前的一切来得太突然了，容不得姜三多想。他连拉带扯地把尹燕从沙发上拉扯起来，小心架着，拖进电梯，抱进自己的轿车，打着双跳灯按着喇叭直奔医院。一路上，还好，不怎么堵。到医院，送急救室。过道里，留下一串血点。尹燕无力呻吟着。

姜三还没缓过气来，就有医生过来，说，孕妇很危险，需要家属签字。

姜三说，我不是家属。

医生说，救人要紧，人是你送来的，你不签字，我们没法抢救。

姜三签了字，脑中一片空白，想跟尹燕的家里人打个电话，但不知道号码，好像曾听人说过，尹燕的老公在国外访学已多时。他试图联系尹燕的父亲，但没有联系上。

过了不多时，护士出来说，小孩取出来了，只是大人小孩还在抢救中。

天暗了，姜三坐在急救室门外的硬凳上不敢离开半步，肚子饿得咕咕直叫。他想打电话把自己的妻子叫来，然这讲不清道不明的事，怎么跟妻子讲呢？妻子来电话了，他迟疑着说，所里加班，可能要通宵呢。

深夜，医生出来说，大人小孩已抢救过来，但还没脱离危险。姜三点了点头，默默守着，实在困了，就在硬凳上打个盹。

第二天一早，姜三准时出现在所里，不动声色地跟局长通了个电话，为尹燕请了产假。得到局长口头授意，姜三这才打理起所里工作，那些数据他权衡再三，上报了，但最终没按尹燕的意见。

那些天，所里似乎突然现出一种少有的闲散、轻松的氛围，大家似乎都觉得，所长尹燕终于休产假了，副所长姜三也只是暂时代理所长。

姜三对前一日发生的一切缄口不言，他清楚尹燕的个性，她绝不希望此事弄得满“所”风雨。

一个月后，做了妈妈的尹燕重回所里。上班第一天，敏感的尹燕，没有捕捉到部下们丝毫异样的感觉。她惴惴不安的心终于放了下来。因为姜三，她的事，竟像没发生过一般，甚至连他违背她意愿上报的数据，也让她觉得原本就该那么上报。那些日子，尹燕一直在反思，一意孤行，可寻找多种理由，但最终会留下不可原谅的错误。姜三的坚持，使她避免了这一些过错。

到了年底，局长来所里进行人事考察。单独谈话时，局长征询一些人事方面的意见。局长说，曾听说你和姜三从小不合，现又在一个所里工作，免不了会磕磕碰碰，局里可以考虑把姜三调离。

尹燕对局长说，其实，从小到大，最了解我、一直在默默帮我的，是姜三。我最近越来越觉得，他是我的镜子，我从那面镜子，可以梳理自己。

过　坎

一年一度的“尾牙”，刘姐总要请一些朋友和公司里的员工聚聚。聚的时候，刘姐总是率先说个开场白，说自己一年里啥啥好了，但是又怎么怎么啦。于是，相聚的朋友和员工也总说自己的好了，但是又怎么怎么啦。似乎过去的一年中，每人都有一些大大小小的坎儿郁结于心，只是大家坦坦然说过“但是”以后，再喝点小酒，似乎一年的郁结开始冰雪融化、春意渐渐盎然起来。

今年的“尾牙”，技术部新来的大学生阿舟被刘姐安排到了主桌，跟刘姐同桌。心事重重的阿舟，似乎不愿意这般显山露水，然其他桌上都知道刘姐让他坐主桌，便都撵他走，于是他只能闷声不响地坐在主桌的末位上。

刘姐落座后，说，今天的“尾牙”，我先说说一年的好事。我呢，好事还不少，承蒙大家关照，公司赚了一些钱。女儿在国外读博也毕业了，这次以非常优异的成绩顺利被格林尼治天文台录用了，圆了她的天文梦。女儿确实很优秀，那里很少招女生，这次只招一名，有好多名牌大学的博士生去应试，但都败下阵来。女儿这么优秀，真的，我心里一直有点小得意，这也许是我平时努力的动力。但是，我也有不顺的事，不瞒大家说，前几天身体检查，我被查出有点小肿块。明天，我将正式住院请上海的专家动手术。我想好了，明年我的任务不再是赚钱，而是治病。我将把公司交给李副总，请大家像支持我一样支持李副总。

刘姐的话一说，大家一下子都愣住了。阿舟更是吃惊不小，他曾听说过刘姐"尾牙"会说"但是"，但真的没料到，今年刘姐的"但是"竟然是这样一枚重磅炸弹。

刘姐见大家有些沉重，坦坦地说，没事的，我也想好了，坏事摊到自己身上，要躲也躲不开的，这个坎儿是一定要自己迈过去的，况且我还是一个独身女人，女儿又在国外有自己的理想，我只有一个人勇敢面对。

看大家还没转过来，刘姐说，好了，大家都说说自己的好事吧。

大家虽都是刘姐的朋友、员工，但彼此之间，有的并不怎么熟悉，于是，刘姐让大家依次做个自我介绍。

第一位说，我是刘姐女儿刘燕的初中老师，我姓陈。刘燕一直是我的骄傲，也一直是我们学校的骄傲。她是我们学校最优秀的学生。再说我自己吧，今年好事也有，我被顺利评上了中学高级职称，也调高了不少工资。我一个初中老师，能评上高级职称，也确实不容易，这在我们学校还是第一个。但是，我也摊上了苦闷的事。妻弟不争气，做生意不好好做，搞歪门邪道，搞得他自己进了班房。按理说，妻弟进班房，跟我们关系不大，但是谁料想，他忽悠他姐，我们多年的积蓄被他拿去说是生钱，我们住的房产证被他拿去做担保，结果我们的钱打了水漂，我们的房子也没了。现在我们只能租房渡难关。更可气的是我妻子面上的亲亲眷眷都他忽悠到了，弄得整个一大家子都遭了大劫。

阿舟听了想，虽说自己大学毕业后收入一直不高，没车没房，但毕竟积了一些钱，终有一日会有自己的房子和车子，不会像陈老师一样年纪一大把了，一夜之间什么都没有了。

第二位，是刘姐的闺密。她说，我这年，好事是开了网店，生意红火，赚了不少钱，有了能够自立的底气。但是，窝囊的是老公又出轨了，我也终于下决心离了。离了也好！不见不烧心。

阿舟细细看了刘姐闺密一眼，好一位端庄美丽的成熟女子，只是眼圈黑黑的，略显一点早衰，可以看出岁月的小小磨砺。

第三位，是阿舟的同事、营销部的阿强。阿强说，今年我的好事是公司营销上去了，刘姐奖了我好多钱，我可以在老婆女儿面前扬眉吐气了。但是，我今年最郁结的事，是父亲辛辛苦苦了大半辈子，上夜班时，说走就走了，一点预兆都没有。父亲太累了，辛辛苦苦把我们兄妹俩抚养成人，自己却一天福也没有享受到。

阿舟内心荡起了涟漪，心想，这次回家过年一定在家多陪陪父母，拥有的一定要好好珍惜。

第四位、第五位、第六位……大家一边敬着酒，一边自我介绍即将过去的一年中自己的顺利与不顺利的事。

终于轮到阿舟了。阿舟端着酒杯恭恭敬敬地站起来，说，谢谢刘姐，我们的好大姐。我今年的好事是进了我们公司，成了刘姐手下的员工。刘姐待我这么好，我觉得这是我大学毕业后最开心的一份工作。但是，前几天我结交了多年的女朋友提出跟我分手了，嫌我没有车子、没有房子、钱也不多。我也曾怨恨我的父母，他们生了我，却没有能力给我优越的物质生活。但是，今天的聚会，我听了各位前辈的介绍，我想通了，生活中谁都有坎儿，每个人都要勇敢地面对。生活中每个坎儿，都要自己迈过去的。我想好了，我会振作起来。谢谢刘姐，谢谢各位前辈。我敬大家！

美　手

过了春节，筱雨就着手自己博士生毕业画展的创作。一段时间里，美院、宜兴老家，筱雨来来回回地奔忙，采集背景、写生，风雨兼程。又一段时间里，筱雨又没日没夜地孵在画室里，构思、打草图，废寝忘食。

到了初春，筱雨的大型油画《采茶》，开始成形。画面上勾勒出的是一位中老年采茶女，黝黑的脸庞，衬托着起起伏伏绿油油的茶树。导师扈教授过来看过草图后，提了一些建议，便说，大胆画吧，不要太拘谨。其间，扈教授来过几次，对人物的姿态和神情、背景的色彩和渲染，都比较满意。

只是，筱雨迟迟不画人物的手。扈教授见了问，你怎么一直不画手？筱雨说，总觉得画这手还没有找到感觉。

筱雨是最后画手的，开始画手时，离画展还有十来天时间。确实，筱雨开始画手时，勾勒出来的各种手姿，不是自己一次次不满意，就是一次次被扈教授否定了。为了这简单的手姿，筱雨花了整整十天的时间，一次次向扈教授请教、一次一次推翻原先的方案。后来终于获得了扈教授的认同。最终成稿，离布展已经只有几天的时间。

离画展开展还有三天，学院里召集所有的教授对参加博士生毕业展的作品，进行最终的评判。

当教授们来到筱雨的大型油画《采茶》前，都停下了脚步。几乎所有的教授，都点头啧啧称好。人物的神态是安舒的，眼神中充满着对未来生活的期盼。尤其，整个画面背景的渲染，非常大胆，给人一种全新的艺术冲击。

然而，院里最资深的成教授，提出了异议，说，采茶女的左手手臂偏短，采茶的手姿也略显僵直。这是这幅画的败笔。这败笔，影响了整幅画面上人物的完美。甚至可以说，这幅画，因为这处败笔，不能参加这次毕业展。大家都清楚，不能参加这次毕业展，潜台词便是作者将不能顺利拿到博士学位毕业证书。

一旁的扈教授开口，说，按理，我是不能为自己的学生开脱什么的。画面人物的手，筱雨花了整整十天的工夫，开始一直找不到感觉，也一直被我否定。后来，他拿出了一叠原型的照片，说，在他的心目中，原型的手，是非常神圣的，他就是想画这手，才有了创作这幅画的冲动，如果他换了另一双手，他宁愿不参加这次画展。我看了筱雨手中那一摞照片，内心受到了震撼。那照片上的原型，是他的母亲，一位有着天使一般纯净眼神，却有一只残手的采茶女。筱雨告诉我，他母亲从小其实和所有正常的小孩一样，四肢健全、健康。可是，在他母亲十岁那年，有一次，有个外地戏班子来镇上影剧院演戏。那时，好多家大人手上都挺拮据的，自己都舍不得买票看戏，不可能奢侈到花钱为一个小女孩买票。十岁的她，实在太想看戏了，没有买票跟着大孩子钻进了影剧院。管影剧院的大人，把蹭戏的小孩一个个抓出影剧院，恶煞魔鬼一般。他母亲被那人拎着一条手臂，甩出影剧院。从此，他母亲手臂的生长就受到了很大的影响，左手总比右手短一截，手也僵直，家里没钱，就这样慢慢成了残手。等他母亲渐渐长大，人家都出嫁了，因为手残迟迟嫁不了。到了最终经亲戚介绍远嫁到了宜兴丁山茶乡，那时他母亲已三十岁出头。他父亲年岁更大，也是个残疾人，根本没法下地上山。他母亲就用一只残手支撑起这个家。他父亲过世后，家里除了筱雨，还有他爷爷奶奶，他母亲里里外外一个人操持，靠几十亩茶地，支撑着，供他读上大学，一直到现在读博士。他母亲是个能人，自从操持起自家的茶园后，拜师学艺，种茶、采茶、炒茶，成了远近闻名的行家。最近几年，他母亲竟承包扩大了茶园面积，选种了优良茶树，炒制竹海系列的宜兴红，在“中茶杯”全国年度评比中连连夺冠。看着母亲这么辛苦，他曾一度想终止学业，帮母亲支撑这个家，但有一次就为这，他被母亲的残手狠狠地甩了一巴掌。这一巴掌让他终生难忘。他一直在想如何报答母亲，唯有把她那神圣而灵巧的手展示给世人。

扈教授讲完，大家沉默了。

最终，全院教授投票表决，结果出人意料。筱雨的《采茶》竟然获全票通过，排在第一。

美院一年一度的博士生毕业画展如期开展。让人没有想到的是美院竟然把筱雨的母亲请到了画展开幕式上。筱雨和他的《采茶》成了这期画展的一个亮点。师生们争着和筱雨、筱雨母亲在巨大的画前留影。其中一些留影，上了当天的网络和第二天的报纸。筱雨母亲的残手，竟然被大家称为“世上最美的手”。

碰撞

阿品是个很俊气的男孩，高高的个，脸庞、鼻子、嘴角都是有棱有角的。阿品最爱骑着他那崭新的捷安特满街跑，那骑车的姿势特酷。阿品骑车时，两眼总不安分，老是搜寻着路边的女孩。阿品看女孩的感觉常常很好，他总喜欢把那种鲜亮亮的女孩看个够，在身后时，先端详她那婀娜的身姿；在侧面时，再欣赏她那迷人的线条；超过去时，他总猛一回头，以验证一下自己心目中的印象分。其实，阿品看女孩绝无一丁点邪念。爱看女孩的阿品总有种无可名状的对美的渴望，他喜欢那种恬静的女孩，尤其是渴望文文静静的女孩脸上那种不刻意的古典式的回眸浅笑，他喜欢那笑。

一日，爱看女孩的阿品炒了老板鱿鱼后在路上骑车看女孩的时候竟分了神，一不小心撞上了路边那个鲜亮亮的女孩，只是他还算机灵，车身正好避过，还好只是手臂与手臂擦了一下。

阿品一下子惊慌失措，忙停车致歉："实在对不起，我——我绝对不是故意的。"

女孩见他那局促的样子，笑笑，浅浅的，挺文静的，挺古典式的。

阿品蓦地觉得，眼前的女孩特美，尤其是那眼清亮中透着少有的聪颖、坦诚，便不再局促，说了声：“还请多包涵。”

女孩在阿品久久的注目礼中款款地离去。

也合该有缘，第二日晚上，他们竟在蓝月亮舞厅里相见，竟是共同的朋友相邀。

阿品邀女孩跳了一曲华尔兹，阿品舞姿挺潇洒，女孩也挺舒缓。共同的朋友为他们喝彩鼓掌。他们竟也没料到，初次相舞竟然这般默契，少有的。

阿品说：“昨天，挺不好意思的。”

女孩说：“你又不是故意的。”

后来，女孩唱了一首英文歌曲，说是送给阿品的，女孩把那歌唱得字正腔圆，简直比那原声还原声，阿品不敢回送，因为他知道自己五音不全，哥们儿前瞎吼吼是敢的，今天说啥也不敢了。

舞会后，女孩主动跟阿品交换了各自的电话号码。

那晚，阿品才知道女孩有一个挺有诗意的名字叫梦依，朋友私下里跟他说，这女孩还是留洋的硕士生，工作挺好的。

炒了老板鱿鱼的阿品，整日无所事事，除了玩就是睡觉。枕边的手机响了一次又一次，阿品也懒得去接一下，然而他没想到这竟是那梦依的电话。终于有一天深夜了，阿品破例去接那电话，电话里的梦依说：阿品呀，你也真是的，找你好苦呀！阿品只能撒了个谎，说我一直挺忙的，没顾上跟你打电话，请你不要介意。梦依说：男孩子忙当然是好事，其实我也很忙，只是一有空，我就想找你。

于是，阿品请她跳了一场舞，看了一场电影，玩了两局保龄球，把他自己的口袋玩得羞于见人。梦依总抢着去付账，然阿品总挺男子汉、挺要强的。

囊中羞涩的阿品，鬼鬼的，老是躲着梦依，害得人家女孩子老是打电话找他。

终于有一日，梦依与阿品打通了电话，请他周末晚上去她家参加一个派对，阿品说我挺忙的也许不能来，反正你的心意我领了，梦依说今晚挺要紧的，你非来不可的，阿品只能依了，只是那去处着实吓了阿品一跳：金鸡湖别墅！他知道都是些什么人住在那里。

那晚，阿品还是去了，她的家自然挺宽敞、挺豪华。挺俗气的阿品只知道大客厅能待四五十人，那电视是幕墙式的，那墙面上的没有一只空调外机，他清楚她家用的是中央空调。因为他在这个行业做过，然不赚钱。

那晚，阿品才惊讶地知道梦依父亲开着一家不小的公司。

好女孩梦依那晚在无人时对他说："我喜欢你常来！"

然而从那晚后，阿品再也没有去见梦依一面，他在给朋友的微信写着："说实在的，我觉得跟她在一起有太多太多的压力，因为这个梦依实在太完美了，完美到了我已无法拥有的地步。我渴望美，但一切无能为力。"

确实，阿品知道自己只是一个普通得再普通不过的凡夫俗子，除了人有点俊气能讨女孩子喜欢外。

没几日，在去南方的高铁上，坐着义无反顾的阿品。

闯社会的阿品，走在南方城市的大街上，仍爱看女孩。

看车人老杨

老杨以前是县棉纺厂的车间主任，为人耿直。然后来棉纺行业市场不景气，老杨的棉纺厂倒闭了，老杨也就下了岗。老杨手下有个徒弟，他舅舅是个房地产大老板，开发了好多房产。老杨的徒弟跟着自己的舅舅做些配套的物业管理上，赚了钱，也就想到了以前一直关心自己的师傅，把师傅老杨请出来到凯龙大浴场停车场看车，给些分成。老杨这么一看，看了二十多年。这期间也经历了好些事。

这晚九点多，老杨准备下班时，突然驶入一辆黑色宝马，三位中年男子勾肩搭背醉醺醺地从车上下来后，直奔大浴场。

老杨很客气地拦住开车的小伙子，用商量的口吻说，我马上下班了，你能不能先把停车费交了。

小伙子脸一拉，问，你没见过钱吗？这么急吼吼的干吗？走时给。真是的，扫兴！

老杨碰了一鼻子灰，也不多计较，看车这么多年来，这样的事常常遇见，甚至还有更不讲理的。老杨只能自认倒霉。

就在老杨收拾了一下休息亭，准备下班时，老杨突然瞄见那黑色宝马车的一扇后窗没关。老杨打着手电往车内一照，竟然发现车子后座上有一只鼓鼓的随手包。老杨不敢下班了，只能回休息亭等候。然一等等了一个多小时，车上人仍不见出来。老杨耐着性子一直自己安慰自己，快了快了，结果到了十二点还没有见他们出来。老杨知道，喝了酒的人在浴场里最忌讳的是被人打搅，故而只能干等着。

到了将近凌晨一点，天下起了雨，虽淅淅沥沥如绒毛，然下久了，仍能积水。好心的老杨取出自己的塑料雨衣，盖在露开的车窗上。有风，雨披盖不住，老杨找来了塑料线，拴住雨衣的几个角，固定在车身和车轮上。

到了凌晨两点多，老杨饿得肚子咕咕直叫。半夜里，根本找不到啥吃的，更何况，老杨又不放心车里的随手包，寸步不敢离开。又饿又冷的老杨只能喝热茶充饥御寒。谁料想，饿的时候，热茶越喝那肚子就越饿得慌。

到了凌晨三点多，老杨实在困得很，白天带的不多的烟早抽完，没烟抽的老杨更是瞌睡得厉害，不停地打着哈欠，不觉中打了个小盹。

不知过了多少时辰，老杨被一阵叫骂声惊醒。睡眼惺忪的老杨，随着叫骂声看去，只见黑色宝马车上的四人出来了，围着自己的车，发着飚，醉意仍在。

老头儿，滚出来！开车的小伙子在叫。

其他三人也不安稳，几个巨大炸药包似乎一点就炸。

老杨振振精神，走了过去，冲着狂躁的四人镇静地说，你们的车窗没关。雨还在下。小伙子倒有些紧张了。一个醉醺醺的中年人，飞起一脚，踹了小伙子一脚，不料想自己没站稳，一滑，重重地摔了一跤。另一人去拉，想必是喝多了酒，没站稳，也摔了一跤。

眼看场面即将失控，多年车间主任的历练让老杨遇事不惊。老杨说，你们车里还有随手包，看看东西丢了没有。

这时，其中一人惊叫，呀，十万元工程款，才收的，急急拉开车门，取出随手包，一一清点，十沓银行里出来的百元大钞，仍捆扎得结结实实。

此时，三个醉酒人似乎一下子酒醒了，拿包的那人，随手从兜里掏出一千元大钞，摇晃着身子挺仗义地说，老哥，多谢你，多谢你！这一千元，酬劳！酬劳！！一定要拿！

老杨很有分寸地推开了这一千元酬劳，说，这是我的本分，这是我的工作，应该的！

三个中年人抱着老杨，都赞老杨仗义，都争着给名片，争着说，你明天把这破活辞了，到我那里去干，保证不亏你，说定了！

小伙子其实也心虚，待三人拉拉扯扯上了车，立马发动车子，便要走。

老杨拦住了车，对那开车的小伙子说，你停车费还没给呢！

小伙子赶紧掏出张百元大钞，递上，说，不用找了。

老杨仍拦着车，不紧不慢地点着零钱，数了两遍，递上，说，找你九十，请慢走。

三个中年人还在车窗内大声仗义地说，老哥，明天等你，一定来！

车开走了，老杨锁上休息亭的小门，下班。离开时，老杨把手上的名片全丢进了身边的垃圾桶。

扫　雪

从高考补习学校回村的路上，天开始下雪了。

他（她）俩乘的是便船，两人蜷缩在船的中舱里，一人靠着一处舱壁看着各自的书。

三妹扬了扬头，说："下雪了。"

李炳埋着头"嗯"了一声。

一会儿，三妹伸了伸手，又说："雪下大了。"

李炳仍埋着头"嗯"了一声。

三妹有点不快，说："你不会说点啥吗？"

李炳想想，说："雪真的下大了。"

于是，一路无语。两人各看各的书，飘飘扬扬的雪花落在他（她）俩的头发上。自从上一年高考失利，进同一个高考补习学校之后，两人常常同出同进，但一路很少说话。

离金泾村不远时，三妹再也忍不住了，说："明天一早人家要来相亲。我虬村二姑妈做的媒。"

李炳仍然埋着头"嗯"了一声。

三妹不快了，责问："你'嗯嗯'的，啥意思？"

李炳这才问："你说啥？"

三妹有点恼了，道："不跟你说了。"

于是，两人又无语。

离村更近了，李炳似乎突然想起啥，问："明天啥事？"

三妹哭笑不得，说："明天一早人家要来相亲。我虬村二姑妈做的媒。"

李炳又"嗯"了一声。

三妹问："你这'嗯'，啥意思？"

李炳说："我也不知道。"

三妹狠狠地说："冷血！"

李炳一副木然的样子。

船靠了岸，那是一处伸进湖里的水码头，连着一条长长的堰基。过了堰基，李炳要朝村西走，三妹要朝村东走。

临分手时，三妹狠狠地撂下一句"我不愿意"！

第二日一早，李炳早早地起床，推门一看，湖边的村子一片银装素裹。江南少有的大雪。积雪厚厚的。李炳迟疑了片刻，找出了家里的铁锹、竹扫帚，从村里水码头开始，沿着堰基边铲边扫，一路朝村东扫去。整整扫了一个多小时，一直扫到女同学三妹家场院门口。

雪还在下着，扫了一遍。李炳又往回原路朝水码头扫去。雪很厚。李炳清扫过的路段显得很突兀。

雪中，有一条外村过来的大船靠在了水码头上，来人大包小包踩着扫过的道路一路来到三妹家。村里人认得，引路的是三妹出嫁到虬村的二姑妈。随行的有一个稍显拘谨的年轻男子。路旁有人在嘀咕："定是给三妹相亲的。"

李炳扫雪扫到了水码头，又折回往三妹家扫去。相亲的队伍，一路上少有的顺当，没有一点积雪，没有一点打滑。

三妹一家忙碌着，接待着来相亲的客人。

三妹在房里看书，家里的忙碌似乎跟她一点关系也没有。

主人和客人，似乎没有过多的话可以沟通，于是就开始聊雪。

聊着聊着，李炳又清扫过来了。

客人说："老邱呀，你们也太客气了，这么长的路，专门为我们一遍又一遍扫雪，我们实在过意不去的。"

三妹爹听了，脸唰地变了，支吾着，一会儿又趁客人不留意，走到场院外小声地把李炳支走。

这一切，客人们默默地看在眼里，悄悄地问三妹的二姑妈，扫雪的小青年是谁？二姑妈竟也支支吾吾的。

三妹被爹娘逼着，来客厅里坐了，但没有说一句话。客人家的娘有一句没一句地问三妹一些读书的事，三妹只"嗯"着。

坐了一会儿，客人提出要回去了。主人家觉得很突然，因为有二姑妈之前的传话沟通，似乎两家都挺满意，客人家才提出相亲的。

主人家挽留再三，客人家还是要走。

鸡白杀了，鱼肉白买了。

客人家不紧不慢朝停在水码头的大船走去。

半路上，李炳仍在清扫积雪。

客人家的娘仔仔细细看了李炳一眼。

第三天，雪停了，李炳和邱家三妹搭便船回学校上课。

天很冷，他（她）俩蜷缩在船的中舱里，一人靠着一处舱壁看着各自的书。

三妹突然抬头，说：“谢谢你！”

李炳问：“谢我啥？”

三妹说：“你假痴呀，昨天为我扫雪。”

李炳一副满不在乎的样子，说：“呀，小事，不用，同学之间帮个小忙吧。”

三妹突然“噗”的一下笑声来，说：“亏你想得出，扫雪！把人家给扫走了。”三妹试探着问：“下次，假如不下雪，你怎么帮忙呢？”

李炳仍看着书，漫不经心地说：“下次，下次再说呗。”

船靠了岸，两人默默进了校园，穿过长长的过道，过道尽头是学生宿舍。李炳要朝过道西走，三妹要朝过道东走。

临分手时，三妹笑着撂下一句“这次算我欠你的”！

送“小偷”

仲春的一天下午，金泾村三队一片啰唣，说是逮了个“小偷”。

打鸟人李虎前脚才踏进家门，后脚便有啰唣声紧随而至。李虎走到场院上一看，只见邱队长押着个手被绑住的人进了他家的场院，后面跟着一帮瞎起哄、瞎啰唣的小孩。

邱队长让那人在柴堆旁蹲着，让小孩们盯住，又把李虎拉一边，跟李虎说：“队里抓了个小偷，你把小偷送镇上派出所，关他两天。”

李虎说：“我可送不了，小偷半路上跑了，我可担当不起。”

邱队长说：“你手上有鸟铳，你押着他，他不敢跑。”

李虎说：“我的鸟铳是打鸟的，打人犯法，我更担当不起。”

邱队长不淡定了，说：“你傻呀，谁让你打人啦？你只消带着铳，不用装火药。临走时，我让会计给你打张介绍信。你去算你出工，给你记两天工分。”

李虎心里还是不踏实，讨价还价地说：“能不能再派个人一同去？”

邱队长说："队里所有的人都在忙，船也没有一条空的。只有你是个闲人，还有打鸟的小船。你不要再说了。你不要忘了，平时让你出去打鸟，也是我给你通融的。"邱队长的话，不容李虎再推托。

邱队长走了，李虎出来见"小偷"。只见那"小偷"，中等身材，二十岁左右，倒也生得眉清目秀，有点斯文。李虎把"小偷"叫进屋，弄了些干粮这才准备划船出发。李虎算了下时间，划船到陈墩镇上得两个多小时，还得划过一个大湖，能赶在天黑前赶到镇上。

"小偷"坐船头，手绑着，并不显得沮丧。李虎坐船尾，老旧的鸟铳搁在脚边，不紧不慢地划着船。

船进大湖，湖上开始起雾，一团团，时疏时密。划着划着，李虎竟然犯迷糊了，原本两个多小时的水程，划了估计三个多小时还没见岸。

"小偷"开口了，说："大叔，要不我来划一会儿吧？！你歇歇。"

李虎说："你不会耍啥花招吧？"

"小偷"说："这么大的湖，这么小的船，我可耍不了啥花招。"

于是，李虎给"小偷"松绑，对换了一下位置。"小偷"划起了船，倒也是一个划船好手。然雾更浓了。

"小偷"说："我是新汪村的，我叫汪泉。"

李虎说："你好手好脚的，啥事不能干，非得干小偷小摸的丑事。"

汪泉说："大叔哦，这都是邱队长一个人说的。他栽赃陷害我。

我其实是过来看邱小兰。她是我初中里的同学。”

邱小兰，李虎知道，邱家二丫头，人长得很标致，唱歌唱得好听。因为金泾村没有小学，小兰读书很晚，初中毕业时已经老大不小了，回村正好是个好劳力。

李虎问：“你看上她了？”

汪泉点点头，说：“我们是同桌。她爹曾打听过我家，嫌我家穷，坚决不让我们来往。”

又划了不知多长时间，雾中隐约可以看见一处岸上的树影。

汪泉问：“要不先靠岸再说。”

李虎允了。

汪泉划近村子，说：“这是我们的新汪村。”

李虎假嗔，“你小子真鬼。”

汪泉把船靠在自家的河滩上，邀李虎上岸。

汪泉家是三间小平房，只一个娘。有了客人，汪泉娘张罗着烧菜煮饭招待客人：割了些春韭，炒了鸡蛋；煮了一块腊月里的咸肉，油亮亮的一大碗；摸了些螺蛳，肉头正厚实；还到隔壁大伯家借来一些自酿的米酒。

坐下喝酒，汪泉娘过来跟客人说话，说：“我家汪泉爹死得早，家里穷，平时从来没有客人上门。汪泉读书挺出息的，读高二了，年年都是五好学生。这回，部队里来招兵，招上了。在村里，他替我挣了一回脸面。”

李虎扶了扶身边桌沿上搁着的鸟铳，不紧不慢地抿着自酿米酒，只是不敢多喝，生怕误事。

汪泉娘取出一大摞儿子得的奖状，一张张翻着，有学习的，有体育运动会比赛的。汪泉娘的脸上洋溢着甜蜜的笑容。

李虎喝着喝着，渐渐有了醉意。李虎醉酒是有分寸的，不多话，找了个铺床就躺下了。划了半天的船，李虎也累了，倒下就呼呼大睡，一觉醒来，已经大天亮了。

汪泉坐在场院里的石墩上，身边搁着个书包，一副准备出门的模样。

汪泉娘照应李虎吃过早饭，就催促着儿子和客人上船。

李虎上了船，跟汪泉说：“你不用去了，我回金泾村。”

汪泉说；“怕你回去不好交代。”

李虎说：“没事的。我已想好回去怎么说。”想了想，李虎又说：“有啥话要带给邱家二丫头的，我帮你带。以后，到了部队里，要写啥信的话，你尽管寄村里代销点转我收就可以了，我会私底下给邱家二丫头的。”

汪泉回屋写了一封信，交给李虎。

李虎小心收好信，说了句“在部队好好干，不要让人家二丫头失望”，便用桨支开了小船。

汪泉应着，挥手与李虎道别。望着李虎的小船划入大湖，渐渐地变小，以致再也望不见了，他还在挥手。

摇快船

李葆爹过世后，李葆娘从虬村改嫁到了金泾村，嫁给阿泉。阿泉近四十来岁，腿有残疾，之前一直没有娶过。改嫁带过来的孩子，金泾村人蔑称“拖油瓶”。李葆跟娘到金泾村后多了个“拖油瓶”的名头，一下子低人一等，也因此常常被人调笑、欺负。

李葆原先待的虬村是个大村，大村有大村的气派。就比如说，虬村一年四季常常放露天电影，常常请真人过来演戏。而金泾村是个小村，就显得很小气，几年难得一次放场电影、演场戏，往往都是人家放过、演过的落脚电影、落脚戏。

虬村放电影，总有虬村人提前捎信过来。金泾村的年轻男女便会摇着快船去凑热闹。

因为是虬村放电影，李葆娘也会让李葆搭快船去，顺便也好让自己的爹娘看看外孙。

这次，虬村放《瓦尔特保卫萨拉热窝》，外国片子，很好看。金泾村去的人很多，李葆娘自然也让李葆去。村里的小伙摇出了村里唯一一条可以显摆的大快船，一路快摇，一路欢笑。

这快船，十来米的船身，一个大舱，二个小舱，一支大橹，二支小橹。舱里坐满了姑娘媳妇。姑娘媳妇们一股劲地给小伙们吆喝鼓劲。小伙们掌着木橹，拉着橹帮，把船板踩得砰砰直响。几里地外就能听到快船上的笑声、吆喝声，和脚踩船板的声响。尤其经过人家的村子，小伙子们更疯了，更张扬，把船摇得更快。

摇累了，快船上的小伙子们开始说笑话，说着说着，说到了李葆的新爹，都说李葆的新爹是个没用的人。说的人说一句，听得人大笑一阵。说的人又说一句，听得人又大笑一阵。说过了李葆的新爹，又有人开始调笑李葆的娘。笑李葆的娘鲜花插在牛粪上，还是干牛粪，还带着个“拖油瓶”，于是众人一阵阵大笑，笑得一个个前倾后仰。

李葆恼了，咬着牙，瞪着眼，跺着脚抗议，然李葆越抗议，说的人越起劲，笑的人越疯。李葆更恼了，大声喊：“你们再欺负我，我就跳湖！”

这是怎样一个大湖呀，你小小的人不游半个小时，根本近不了岸。笑的人都笑了，量小小的李葆也没这么大的胆量。

李葆被激怒了，站起身朝大湖里一跃，快船上的人都愣住了。有姑娘朝大湖里喊：“李葆，人家跟你闹着玩的，快游回来。”

李葆什么也不听，自顾自地朝虬村方向游去。有人叫水性好的跳湖去拉他，然谁也没跳，生怕惹上大事。

李葆在前面游着，快船在后面跟着。游了半个时辰，李葆自己上了岸，一路小跑朝熟悉的虬村跑去。快船这才蔫蔫地摇进虬村，谁的心里都惴惴不安，谁都生怕李葆去村里告状，谁都害怕村里人因此会找他（她）们的碴儿。

然待金泾村人上了岸，所有的担心都没有发生，没有人找他（她）们的碴儿，为他（她）们准备的长凳都留着，甚至还有熟悉不熟悉的村里人给他（她）们递瓜子、递炒蚕豆，甚至递他（她）们平时不常见到的熟花生。电影很好看，瓦尔特很潇洒，虬村人挺大气，金泾村人很开心。

露天电影散场，金泾村的快船等了一会儿，一直没有见李葆上船。船上做主的几个人商量了一下，说李葆的事回去谁也不要说。于是，快船起锚了。一船人都憋着，船上没有说话的声音，只有水声和踩船板的声音，快船在月色中摇得飞快。

进入大湖，突然湖面上传来有节奏的鼓点声。只见有一艘快船从一个河湾里飞快地摇出来。这是怎样的一艘快船呀。船身长而窄，船头高高扬起，还配着一个木雕的龙头，一支大橹，三支副橹。其中一支副橹比他们金泾村的大橹还大。随着鼓点，快船在水面上飞速滑行。而敲鼓的竟然是小小的李葆。那李葆，架势威武。那鼓点，无疑成了快船的灵魂。只不多一会儿，虬村的快船，赶上了金泾村的快船后，又把它远远地抛在后面。等金泾村的快船沮丧地摇回村里的时候，虬村的快船已经打回了。那气势，是金泾村人从来没有见过的，几乎大半个村的男女老少都来看大快船。

有人说，虬村的快船是李葆的一个舅舅、七个姨夫摇过来的，当然还有一些村上的亲眷朋友。金泾村人都说，人家大村子的人就是大气。

李葆跳湖的事没有人再提起。

李葆也觉得金泾村人不再笑话他的新爹、他娘，和他了。

鸡毛·蒜皮

李斯父亲过世后，留下了一处带院子的老屋。老屋在市中心，虽不大，六七十平方米，却是金贵的学区房。李斯舍不得出让，整修了一下，闲时约些朋友过来打打牌、喝喝茶，想待以后自己老了实在爬不动楼梯的时候再搬过来住。院子不大，三四十平方米，老爷子生前喜欢种花养鱼，倒也生机勃勃、郁郁葱葱。

老屋，其实是幢二十世纪九十年代建的六层公寓房。原先的住户嫌老屋太旧，住着不舒坦，先后买了新房搬了出去。现在楼上大多是租房户。

自从李斯开始打理老屋院子后，烦恼接连而至。坐在院里晒太阳，一盆肥皂水凌空而下。李斯刚想上楼找人家论理，一条“水龙”竟飞流直下。李斯一看，“水龙”来自六楼阳台一角。李斯急急上楼，敲开六楼大门，跟人家说，你们水管破了。六楼女租户说，没破，房东租房前没把洗衣机出水管安好。洗衣机出水口低了，排水管高了，洗衣机洗衣时水排不出去，只能把水排在阳台里，从阳台的临时出口排出去。李斯说，你肥皂水是不可以冲到我院子里的。

女租户一脸茫然地说，那我不能洗衣服了？！之后，六楼真的不洗衣服了。过了半个月的一天，六楼的“水龙”又一次冲下，只是这次是一个晴好的日子，下面几乎所有楼面的阳台上都晒有衣被，一层层淋了个正着。有人报警，几个楼面的人当着出警的民警与六楼女子大吵了一通，女租户一副无辜的样子，说你们去找房东。民警打房东电话，电话却一直关机无法接通。此事最终不了了之。

李斯为了减弱来自楼上的烦恼，请人做了有机玻璃雨棚。请来的工匠才把雨棚架子架好，二楼人家不干了，说，你把架子搭到我窗下，小偷就可以翻墙上楼偷东西了。李斯说，现在人人用微信、支付宝，谁家里还有现钱，小偷何必辛辛苦苦翻墙呢？！二楼不干了，说，你啥意思，看不起人，骂我们租房人家没钱怎么的？！李斯说，我没这个意思。二楼说，你就这个意思。商量不通，找房东。房东气冲冲地过来，一见是李斯，拍了一下肩，说，嘿，哥们儿，一起喝过酒。这事也就妥了。房东两边一协调，谁也不再说了。

只是雨棚才做了几天，突然发现，上面砸下一块大墙砖，雨棚的有机玻璃砸出了一个大洞。没法子，李斯只能再请工匠换了有机玻璃，又花了七百五十元大钱。李斯多少有些心疼，找社区干部。社区干部过来看了又看，实在看不出这大块的墙砖是哪里砸下来的。这事也就不了了之。

一日日过去，小院里的小烦恼几乎日日有。“水龙”虽没了，然浇花、晾拖把的水还是不住地滴下来；烟蒂、塑料袋、纸片、小球、口香糖渣、头发团，甚至鸡毛、鸭毛丢得院子里到处都是。李斯每天过来打理时，先把院子扫一遍，再冲洗一遍。

一次，院中央丢了一大包烂蔬菜。李斯清理时，发现里面有好些已经发了芽的蒜头。尽管蒜头干瘪、发黄，然芽状的小蒜叶倒也青葱有力。李斯花了半个多小时的工夫，把蒜头从烂蔬菜包里拣出来，再一瓣瓣排种在绿化边的泥土里，每日精心浇水、施肥、护理，不出一个多月，那蒜叶竟然肥肥壮壮的。其实，李斯是不喜欢吃蒜叶的。收割蒜叶的时候，李斯想到三楼人家。好像他们家老老小小的都爱吃蒜，出出进进满口都是蒜味，老远就能闻到。李斯割了蒜叶，小心包好。叩开三楼人家的大门，说，院子里的蒜叶长大了，想送你们尝尝鲜。三楼女主人千恩万谢，推了再推。李斯说，请别客气了，我这也是顺水人情，这蒜头也是人家丢我院里的，没花钱。听这话，女主人一脸尴尬，收也不是，不收也不是。最后，李斯把蒜叶搁下下了楼。

日子久了，李斯也累了，心想干脆把老屋卖了，眼不见心不烦。李斯找了中介。中介特兴奋，说这么好的房源，你舍得脱手？！好多有孩子想读好学校的人家等着要抢呢！地铁一通身价又要涨了。李斯说，空关着也没意思。中介一估价，李斯惊呆了，说，我不用开这么高的价，压低些。中介说，你的院子还可再加些价。李斯说，算了，一个破院子，不用了。

挂牌只半小时，有一对小夫妻急匆匆带着孩子过来看房，一看就中，一中就要签约。签约、交钥匙时，李斯迟疑了，那小夫妻生怕李斯反悔，一再催着问，还有什么不妥没？李斯迟疑了半晌，说，没，就是以后孩子千万不能在院子里做作业。小夫妻松了一口气，连声说，好的、好的，取过钥匙，像拣了个金娃娃。

烦恼了一年多的老屋终于出手了。看着新房主，李斯却像做贼一样，心里虚虚的。

换　课

金泾村中学，其实是个小学“戴帽子”的乡村中学，初一、初二两个班级，每个班级只十来个学生。整个中学加上小学只有一个公办老师，那就是秦校长。秦校长亲自教初中的语文和英语。其他都是民办老师或代课老师。

李群自陈墩镇中学毕业后，就回村当了代课老师。他学历算高的，自然教初中数理化。其实，李群初中、高中加起来才读了四年，教初中数理化，有点赶鸭子上架，也够呛的。上课时，常常自己也云里雾里，解题时常常不知所解。冬天里上课，李群也会急得满头大汗。有时干脆让学生自告奋勇地到黑板上做题，反反复复折腾几个学生，这样一节课的时间也就差不多过去了。放学钟一响，李群就拔腿离开学校。

学生们上课没听懂，下课自然不会做题目。不会做题目的学生私下里知道学校里扫地、种菜、养猪的阿宽会做，便缠着他给教。

阿宽，其实也姓李，是金泾村以前唯一考试考出去的高才生，读的是上海复旦大学。毕业后，在省城教书，不知怎么的，成了

“坏分子”，被开除公职遣送回老家“劳动改造”。李老师没讲清的题目，阿宽总能讲得清清楚楚。只是阿宽平日里，得种好校园后几亩地的菜，得扫清偌大的校园，还得喂饱三头猪。于是，学生们一边帮阿宽做事，一边请阿宽讲题。阿宽讲题挺在行，三句两句就让学生茅塞顿开。为了跟李群的李老师区别开来，学生们都叫他宽老师。

阿宽教自己的学生做作业的事，被李群知道后，李群不仅不生气，反而一次次地过去讨好阿宽。竟然有一次，李群厚着脸跟阿宽商量，能不能换上课。阿宽听了吓了一大跳，说万万不能，一则是自己平常的活稍有懈怠就干不完，二则自己若走进教室，被秦校长知道了可不得了。李群宽慰阿宽，一则不让阿宽在干活上吃亏，干不完的活，他干；二则，阿宽上课时，他会在教室外望风。

阿宽经不起李群的再三恳求，其实更是经不住那三尺讲台的诱惑，最终战战兢兢地答应了李群，走进了课堂，像做贼一样给学生们上课，上了一堂又一堂。秦校长本来也要上课的，他一上课，洪亮的声音顿时传遍校园，其他老师即使在隔壁上课，他也不会发觉。况且还有李群站岗放哨呢。

如此一段时间，阿宽帮李群上课，李群则帮阿宽种地、喂猪、扫地。看着勤快的李群，秦校长虽不解，却也乐了。种菜勤了，地里产的蔬菜就多了，食堂里吃不完，秦校长还分给老师们带回家。圈里的猪也喂得壮壮的油光锃亮，看得秦校长直乐。

然，纸终究包不住火的。一日，秦校长去镇上开会，李群疏忽了。秦校长会议结束得早，提前回校一看，竟然见阿宽穿着脏兮兮的喂猪的旧衣裤，站在讲台前绘声绘色给学生们讲几何原理。待学生放学，秦校长把李群、阿宽叫进办公室，咬着牙齿压着声音愤愤地说，你们两个吃了豹子胆了。李群哭丧着脸说，秦校长，那些数理化，我自己压根儿也不懂，打死我也讲不了那些题目。我们老师平时换课，您是允许的。我跟阿宽换课，他上数理化课，我上劳动课，各尽所能，没啥不对。况且，我们换了课后，学生们的数理化成绩上去了，学校里的蔬菜旺了、猪壮了，没啥不好。

其实，秦校长也知道李群上课挺差劲，实在碍于他做大队干部爹的脸面，一直让他硬撑着。沉默了半晌，秦校长说，这事得藏着掖着千万不能捅到外面去。李群、阿宽连连称是。

从此以后，阿宽上课，不是李群给阿宽望风，就是秦校长亲自望风。每天上课时，秦校长总是关照把学校的破铁门拉上，会上也关照所有的老师，学校里的事不得到外面乱说。老师们自然知道秦校长指的啥事，反正这样换课后，学校的蔬菜多了，有了实惠，大家都睁一只眼闭一只眼乐得做好人。

转眼到了 1977 年秋天，学校里到处在传社会上公开高考、中考招生的事，金泾村中学十几个应届生得知自己有可能跳出农门，都争先恐后回校复习迎考。秦校长忙着给他们补习语文和英语。数理化呢，明里是李群在上，其实暗地里一直是阿宽在上。阿宽穿着喂猪的破旧衣裤，却整天在课堂里给学生们上课、补课。

到了第二年初春，高考、中考录取结果陆续揭晓。全陈墩镇人诧异了，全镇高考录取寥寥无几，中专中师也只录取了二十来人，然小小的金泾村中学竟然考取了八人。中师两人、公安学校二人、邮电学校二人、护校一人、交通学校一人，都是直接把农村户口转成城市户口的。

金泾村中学，一下子名声大噪。其他学校好多没考上学校的，争着来复读。秦校长一时慌了手脚，失眠了几个晚上，最终想出一个没有办法的办法，自己掏钱，重新修了校门，还配了把大锁。规定上课时间概不允许闲杂人员出入。当然，学校允许老师自由换课。

第二年，金泾村中学，又捷报频传。这一年，阿宽平反了，“坏分子”的“帽子”被摘掉了，宽老师给学生们上课时再也不用穿喂猪的破旧衣裤了。李群则自告奋勇地要求做校工，再也不用换课了。

敲“三合土”砖

渐渐入了冬，河里的水也渐渐涸了。涸了水的河道也正好可以开挖疏浚。

陈墩镇的镇中河，已经几百年没有疏浚了，再不疏浚，夏天里就过不了那么多涨起来的水，冬天里就过不了那来来往往的船了。

其实，陈墩镇镇中河的开挖疏浚，早在初秋时就开始着手了。疏浚指挥部就设在镇头李天、李地家。

李天、李地是对双胞胎，没爹，只有一个病恹恹在镇办竹壳厂做临时工的妈。指挥部设在李家，是看中李家偌大的场院。他们在场院里搭起了临时的工棚，吃、睡、做事都在工棚里。只是，搭工棚前指挥部就跟李家说好是无偿的。

入了冬，河道的开挖疏浚就开始了，一批批从乡下应召而来的农民工，都住进了镇上临时搭建的大大小小的工棚。

这时，指挥部贴出通知，疏浚施工队将大量收购“三合土”砖。这其实是疏浚指挥长想出来的妙招。就是让镇上的居民把河道里挖出来的碎砖，照指挥部的规定，晒干后按一定的大小尺寸敲成“三合土”砖。施工队回收后，用于河岸的水泥浇筑加固。每平方米按照等级给几角不等的回收费用。镇上居民见到通知后，跃跃欲试。

李天、李地在镇中学读初一，十四岁。因为妈工资低、身体又不好，家里的日子常常入不敷出，每次学校里收学杂费，总听妈唉声叹气地说“一份已经够呛，你们一交还得两份”。然妈是个要强的人，东挪西凑交了学杂费，即使弄得身无分文也不让儿子赖学杂费。这回好了，李天、李地商量好，干上一个冬天，把下一年的学杂费给自己挣出来，省得妈再操心。

说干就干，弟兄俩找出爹以前留下的锤子、箩筐、扁担，一放学就到挖河工地，拣了碎砖，往家里运。晒干了，敲碎。敲碎了，整整齐齐码成一堆。过几天，就有工程队的民工上门收“三合土”砖。收了，给他们打张盖了章的收条。凭收条，他们可以在指挥部会计处领到现钱。

弟兄俩一有空就干，妈下了班，也要过来帮忙，敲敲砖，然兄弟俩看着，不让。因为妈身子不好，平时上班已经够累的了。

然镇中河毕竟范围小，而挖出来的碎砖，不是所有的都能敲成“三合土”砖，何况等着拣碎砖的人又多，这样影响了敲“三合土”砖的进度。李天、李地商议着不一定非用工地上的碎砖不可，于是他们准备去一两里外的砖厂河河边拣碎砖。那砖厂河，连着几个土砖窑。那些土砖窑，已经烧了几百年了。用船装运的土砖免不了掉进河里，以致枯水季节河滩上层层叠叠的都是碎砖。只是，运一趟砖，得好长时间，用扁担扛，又湿又重，扛不了多少。兄弟俩受电影《南征北战》的启发，把家里的储藏间翻了个遍，花了一两天工夫，做成了一辆挺坚实的独轮车，一人推另一人拉。用上独轮车后，兄弟俩运碎砖的效率就高了，敲的“三合土”砖也明显多了。兄弟俩在外运砖的时候，妈偷偷地帮儿子们敲些“三合土”砖。只是兄弟们发觉了，就把锤子藏起来。即使这样，妈还是借了锤子偷偷敲。平时，人家几天收一下。后来，敲得多了，人家一天来收一下，还夸他们家敲的“三合土”砖质量好。

兄弟俩用一只旧的饼干盒子放钱，半个冬天下来，已经积了十来元钱了。兄弟俩看着自己的劳动成果，干劲更足了。到了镇中河开挖疏浚接近尾声时，弟兄俩仔仔细细点了一遍自己赚的钱，欣喜地跟妈说：“妈，我们明年一年的学杂费都够了。”

那晚，妈破例买了三两肉，就着大白菜，包了顿饺子，全家快快乐乐地改善了一下生活。

到了晚上，兄弟俩发觉妈不对劲，躺在床上咳个没完，比平时厉害了几倍。兄弟俩起来看妈，发现妈脸色苍白，吐了好多血，人颤抖得厉害，不省人事。

兄弟俩慌了，一边扶妈起床，一边擦拭独轮车，铺上垫子，扶妈上了独轮车，一人推另一人拉，把妈送进镇医院看急诊。

急诊医生一看，对着兄弟俩说：“你们爹呢？怎么拖到这时才送来？！”

兄弟俩支支吾吾的。其实，他们知道，妈在镇办竹壳厂还是个临时工，工资不稳定不算，看病还得自己掏钱。于是，这么多年，妈有病一直拖着。

急诊的医生见兄弟俩支支吾吾的，便把兄弟俩拉到一边说：“实话跟你们说，你们最好把做主的大人找来。你们妈已经病得很重，这病实在是拖得太久了。挂号处说她又是自费的。如果简单开些药，可能拖不了多长日子。只有住院才有可能缓转。”

兄弟俩听了，噙着泪水说：“医生，求求你，我们有钱，我们就拿来，求求你，救救我妈！”

医生有点无奈地说：“那好。你们去取钱，我先把你们妈收进病房用药。”

李天立马跑步回家，气喘吁吁地捧着个旧饼干盒子，把一大堆毛票倒在医生的桌子上。医生愣了一下，摸了一下李天的头，说：“就这样吧，你去挂号的地方把这些钱先交了，其他的再说吧。”

几天后，妈用了药，终于缓过来了。又过了几天，妈就嚷着要出院了。

这日，也正好学校开学。李天、李地兄弟俩沮丧着走进学校。因为，他们的学杂费又泡汤了，他们不知道班主任老师又要怎样跟他们“谈话了”。

果然，临放学时，班主任把李天、李地叫进办公室，出乎意料地跟他们说：“这一学年的学杂费有人帮你们交掉了，这是你们的收据。”

兄弟俩不解地问：“谁交的呀？”

班主任说：“可能是疏浚指挥部的人交的，他们也没有详说。”

兄弟俩听了，眼泪又一次噙在眼眶里。

注：三合土，一般采用石灰、砂（可掺入少量黏土）与碎砖三种材料经过配制、夯实而得的一种建筑材料，不同的地区有不同的三合土。存在于没有水泥或水泥奇缺的年代。

1977年的元旦

1977年元旦清晨，陈墩镇所有的高音喇叭里，传来镇广播放大站女播音员方言味十足的声音："金泾村的李童请注意，金泾村的李童请注意！听到广播后，马上到镇政府接待室，有记者采访。"

通知播了一遍又一遍。

高音喇叭里的声音非常嘹亮，田野里的每个喇叭都能传好几里远，陈墩镇几十只、上百只喇叭把找李童的通知传到了每个角落。

听到广播的农民们，熟悉的，在议论，李童？是金泾村那个苏州过来插队的书呆子？不熟悉的也在打听议论，李童？谁呀？啥事？得记者采访。

金泾村三队的邱队长听到广播后，心里纠结起来。昨天，李童养的猪，又跑出来闯祸了，把村里好些集体、私人地里的蔬菜给糟蹋了。邱队长带人追了好半天，才把猪逮住，关进李童的猪圈里。可晚上那猪崽子又跑出来闯祸了。你说你李童养了猪整天不记得喂，那猪饿得慌了不跑出来啃人家菜吃才怪呢？邱队长逮猪忙乎了好半天，到了晚上，忍不住踹开李童的门，把李童给狠狠地骂了一通。

这不，睡了一个晚上，气还没有消，一早就听到镇上的通知，你说心里纠结不纠结？纠结的是他身为一队之长，凡事他不可能睁一只眼闭一只眼的。镇上让李童去，可从金泾村步行去镇上，得三个多小时。若从水路开机帆船去镇上，也得一个小时才能到。

其实，邱队长知道在这次全国统一高考中，李童初考考了个全地区状元，复考成绩虽说还没公布，但凭李童这书呆子的呆劲，不会差的。送吧，有些在气头上，心里不怎么情愿；不送吧，人家总归是要远走高飞的，何必临走时给人留个恶名呢。

邱队长先叫老婆找些红布，再叫阿二备船，最后去敲李童的门。李童正在房里睡觉，外面喇叭响，他的屋里没有喇叭，他压根儿不知道有什么通知。邱队长推开虚掩的门，生拉硬拽把李童从吱嘎作响的竹铺上拽起来，跟他一说镇上采访的事，李童却犟着说，我不去。我才睡，待会儿我还要看书温习功课呢！

邱队长生怕大队里、镇上知道了怪罪下来，脸一板，但口气挺温和地商量着，你这不是自己要不要去的事，这是镇上派的工，你去也得去，不去也得去。因为是镇上派的工，队里给你记十天工分。说着，不管李童愿不愿意，拽着他就走。

这边村头，阿二已经备了队里最好的机帆船，队长老婆用压箱底的红布做了个大红花，硬是给李童挂上。村里一帮二愣子，找出了逢年过节才玩的锣鼓家什，自顾自地敲了起来。邱队长一见乐了，平常时，他们金泾村三队人少地多干活累产量低，常常被镇上干部刓鼻子，这回队里出了个有能耐的书呆子也着实可以扬眉吐气一番了。于是乎，一招手，把那些二愣子全招呼上了船，敲着锣鼓开船，一路上经过别的村，二愣子们把锣鼓敲得更起劲。别村农民都奔到岸边看热闹，指指点点地说，就是那金泾村的书呆子，考上全国状元啦！

李童耷拉着头，一副恹恹欲睡的样子，似乎整个外面所有的热闹跟他一点关系也没有。

机帆船一路锣鼓喧天到了镇政府，镇长先是一愣，问啥事？秘书说，有个高考状元上边的记者要采访。镇长笑了，说，这个大邱，这小子小尾巴翘天上去了。说管说，还是让秘书拿出自己最好的茶叶去招待记者。

采访，大约一个小时。

记者走了，李童就出来了。

回去前，阿二跟李童说，我们金泾村几千年才出你这么个状元，你这么风光地采访了，回去总得给大家有个交代，多少给大家甜甜嘴。

李童懵懵懂懂地问，咋甜嘴呢？

阿二说，买些糖回去发发总要的。

李童两手一摊，说，我可身无分文。

阿二说，我想好了，你不是还养了头猪吗？你上了大学，猪带不走的，不如把猪抵给我们，我们凑些零钱给你，你买些糖，回村让大家甜甜嘴。

二愣子们都说好。

邱队长自然赞同，先从自己的兜里掏出三元六角钱，让阿二记上。于是，这个一元，那个几角，竟然凑了九元六角二分。大家高高兴兴地簇拥着李童来到镇供销社商店，全部买了上海产的大白兔奶糖，这才重又敲锣打鼓一路风光地回了村。

上岸时，全村男女老少围在岸边，一个个笑逐颜开，其他队的也都涌过来看热闹。李童拿着装大白兔的袋子，一人两颗，见者有份。

上了岸，邱队长老婆赶来，喜滋滋地跟李童说，我一早就帮你做大红花，我可要多几颗大白兔。

李童一掏，一脸的尴尬，说，糖，没了。

邱队长老婆脸一板，假嗔说，没良心！记住哦，你欠着！

众人大笑。

老 壶

百合村依山傍水，茶事很盛。制茶高手柳公，年过九十三岁，早年丧偶，终未续弦，一手抚养独苗，也儿孙满堂。柳公平生不嗜烟酒，唯好茶。他喝茶有很多讲究，四季里他都有自己特定的茶具，壶、盏、盅、吊，又分铜、瓷、紫砂诸种，从不胡用。他用的茶叶，一律是自家茶园里亲手培植、采摘和自己焙制的，采摘时辰又有好些讲究，雨前、雨后，明前、明后，这只是粗略时间，而子、丑、寅、卯……各时采摘的各式茶叶又从不相混。他道是地有地气，茶有茶性，茶叶孕天地之间，采自然之精华，时辰不同，茶性则不同，焙制时杀青的做法自然也不同，诸茶叶供各个季节享用，养身怡心。柳公沏茶精到，喝茶也与众不同，他从不豪饮，只用舌尖、嘴唇品咂。

柳公制茶、品茶的名声好几十年前就响在外头，他的祖上更是如此。早些年天南地北各路茶叶商贾，凡来宜兴进茶叶的，都会费些周折，找上门来，讨教茶经，切磋茶道，互赠茶品、茶具。只是柳公的那把绝色茶壶，他从不示人。

柳公生性孤僻，据说也缘自此茶壶。民国三十二年，倭寇猖獗，小叶村平白无故挨了两颗飞机炸弹，闹得人心惶惶。全村人都卷着细软，躲到山坡上茶园里。柳公最放心不下的自然是那些宝贝的茶叶、茶具，揣着、背着、挑着进了自家的茶园，整日隐匿在园中树竹丛中。不想连日疲惫，又担惊受怕，那日深夜实在支持不住，沉睡过去，待到梦中惊觉，一摸怀中，揣的最宝贝的茶壶竟不翼而飞，只留得分藏在身上另一处的那茶壶盖。

柳公自知此非高手不能为，故原物追回已无望。寇患稍事平息，柳公从此便闭门谢客，躬身茶事，悉心茶道，养心怡神，倒也得以高寿。如今耄耋之年，儿孙满堂，早已挨到了太爷爷的辈分上，而且仍耳聪目明，身板硬朗。

每个礼拜，他总有一二回让晚辈伴着去几里地外的镇上，上“合芳斋”茶馆坐坐。每回他只是用自己随身携的茶壶、茶叶沏上一小壶茶，细细地品味，悠悠地听茶客们说各种茶事，而他从来都是缄口不语。即使如此，高端的茶叶买卖，茶农跟茶商总是挑柳公在场的时候成交的，好像只有他柳公在场，这笔买卖才公平、合规矩、显档次。这是好些年来养成的规矩了，虽说后来凉了些年头，可如今只要是柳公坐在那里，这规矩就自然成立。

这一日，桥堍多了个茶具摊，塑料布上摆了些大路货的茶具。这摊主，柳公认识，叫阿峰，是早先出去当兵没回来的阿斌的侄孙。这孩子，前几年省农大毕业在附近茶场当技术员，想是去该有出息的，可怎么也摆起地摊来了？再一细看，柳公不由得暗暗吃一惊：一旁不显眼处，那把写有“佳茗精华不计年”绝句的无盖的茶壶，不正是自己魂牵梦萦几十年的宝贝吗？

阿峰招呼他：“柳公，您老挑有合适的，晚辈孝敬您，也好给晚辈捧捧场。”

柳公摇摇头，不露声色，坦坦然踱了过去。

隔天，柳公复又从“合芳斋”出来，又经桥堍，阿峰仍在，茶盏也仍在，显然生意不怎么景气。阿峰仍“柳公，柳公”地招呼他，让他老人家捧个场，他依然摇摇头径自过去了。

如此这般竟月余。

终于有一日，阿峰捧着那茶壶拉住他：“柳公，做茶具生意，看来晚辈实在不在行，一个多月，生意不景气。不想做了，东西盘给人家做其他生意去了。只是这把没盖的茶壶，搁着没人要，丢了又可惜，请您老断个准价。”

柳公鼻中“哼”了一下，心里道：“你小子不说实话，别想捞半点好处！”

阿峰说：“柳公，不是我不想说实话，实在是不敢说……”

柳公道：“说吧。”

阿峰这才试探地问：“有熟人想拜访您老，不知……”

“让他来吧。”柳公若有所悟。

柳公前脚跨进自家大门，后脚阿峰便陪那“熟人”赶来。那“熟人”不是别个，正是阿峰的叔爷爷——早年当兵去台湾的阿斌。两人曾是从小一起长大的小哥们儿。

见柳公，阿斌下跪，老泪纵横：“柳兄在上，阿斌向您老兄赔罪，恳望柳兄大度，不计小人之过。心爱之物，今日奉还……”

“罢，罢！”柳公摆摆手，声如洪钟，“早先几十年的事，别再提啦。我估算是你小子借去玩的，你能回来，也了却我一桩心事。这茶壶不成套，丢在破瓦堆里也没人要的。”

柳公让座看茶，俨然是老友造访一般相待。阿斌感激不已，席间，阿斌探问：“柳兄，实不相瞒，这茶壶伴我四十余年，可我终不得知茶壶的好处，乞望赐教。”

柳公被缠不过，转身取出珍藏的茶壶盖，合成一把。柳公用小铜吊煮少许水至沸，洗涮后，依次将此茶壶做待客壶摆放停当，随后缓缓斟水入茶壶，洗茶，醒茶，泡茶，茶水在壶中盈盈蓄起，而不外溢。放置茶壶盖，倾斜，壶中茶仍滴水不漏。欲斟茶盅，茶水竟汩汩淌出。盅满，茶水自行断流。柳公虽老态龙钟，摆布面前诸茶具，竟得心应手。

此番动作看得阿斌祖孙俩目不暇接。

众人取茶盅置鼻前，顿觉一缕悠悠的绝色茶品的醇香飘然而至，沁人肺腑，令人久久回味。

饮茶毕，阿斌探问：“此宝物何人杰作？”

柳公将茶壶置光亮处，壶底有一行秀丽的隶体字：“柳原水妹百年好合雅存”，一旁还有一枚印：“桐琳壬戌”。

柳公坦坦道：“此为岳丈桐琳先生精制的陪嫁。”

阿斌这才想起柳公的结发妻子正是叫水妹，只是难产而亡，距今已大半个世纪了，难得柳公一片真情。阿斌愈觉愧对柳公。

第二日，阿斌带着侄孙阿峰复来，不料柳公竟于凌晨无疾而终，弥留之际，嘱咐家人将平生所作《柳氏茶艺百说》一册，赠予阿斌祖孙。阿斌泣不成声。

阿斌后来在百合村投资茶场。阿峰更是视《柳氏茶艺百说》为宝贝，悉心茶品研究，所制荆溪云片、阳羡雪芽等茶品屡屡获奖。这已是后话了。

家庭秘书

犹豫再三，李沁最终还是走进了市总工会办的家政服务所。迟疑再三，李沁在《就职登记表》上填上了“家庭秘书”这一冷门的家政服务项目，然在“工资意向”栏中，却填上了“随意”两字。

其实，李沁是个特别勤奋的人，早年读书勤勤恳恳，功课优异。高中毕业时，李沁是那所农村学校班上唯一考取全日制大专的女生。大专毕业后，李沁进了城在一家大公司当办公室文员。在公司，她是一名出色的文员，整天忙忙碌碌。每天，她围着总经理转，而整个公司似乎又都在围着她转。如此，兢兢业业几十年。眼下，李沁退休了。退休后，李沁一下子觉得心里空空落落的。

其实，李沁是个不缺钱的人。李沁的儿子是个读书勤奋的人，当年高中毕业时，是县城最好的学校考取最好大学的男生，后来又一路考研，眼下还在海外读博士后。按理说，儿子已开始不要父母经济上的任何供给，李沁完全可以轻轻松松享受清闲的退休生活了。然她却摊上了个不省心的二儿子李星。这二儿子李星，其实是她最小弟弟的儿子。弟弟，从小被她父母惯着，总让人不省心。弟弟离婚，儿子判给他。他也不好好管教，到了这孩子出好多问题了，他一撒手推给了姐姐。后来，自己又是贪污又是受贿，东窗事发，被判了好多年。李星，便实际上成了李沁的二儿子，一个吃喝拉撒全要管的二儿子。李星小学毕业时，一门功课不及格，勉强读了个学区学校。一年下来，李星门门功课全不及格，在学校还天天有事，老师天天要叫家长到学校去担错。李沁没法，花了大价钱，把李星送到了一所全封闭式住校学校就读。自己还主动要求担任家长委员会成员，承担了家委会的好多义务，常常有事没事往学校跑。李星终于步入正轨，学习成绩也上去了。每年十几万的学杂费，李沁退休前，是能够承担的，然退休后只有微薄的退休金，开销上便有点捉襟见肘了。

于是，李沁犹豫着走进家政服务所，一是免得退休后无所事事太无聊，二是为老二李星也筹些学杂费用。

第二天，李沁接到了家政服务所的来电，约她去一次。

李沁去了，服务所专门为她安排了一间接待室，说应约的家庭太多，情况太复杂，所里从没遇到过，没法帮她选择，还是让她自己与登记雇佣的家庭洽谈吧。

李沁才坐下，一号雇佣家庭一位近四十岁愁眉苦脸的男子进来。还没坐下，男子就说："大姐，帮帮我吧。"原来，男子自己出生山区，大学毕业后在本地找到工作，入赘本地女家，生有一男孩。这男孩什么都不差，就是读不成书，天天为了孩子的作业而闹得家里鸡飞狗跳，现在孩子都六年级了，除了语文能考个70来分，其他没一门功课及格的。我管他，他娘、他们全家都护他。为了这孩子，我们也闹了几次离婚。现在，他娘带着孩子到外面住了，就这样僵着。我简直怀疑，这孩子是不是我的，咋这样笨呢？

李沁一一记下了，说，我过日给您回复。

二号雇佣家庭一位四十多岁风风火火的女子进来。一进来，女子就套近乎，说，李大姐，我认识你。你培养的儿子这么优秀，我就是花双倍的钱也要请你。

原来，女子和老公一起做蟹生意，赚了很多钱。她喜欢孩子，前前后后生了三个，两个女儿一个儿子。人生，可说是非常的完美，就是她从小不爱读书，家里父母也顺着她，小学三年级便辍学在家，帮大人卖茶叶蛋。人家小孩是花钱的，他们家的小孩是赚钱的。故而，她的父母一直笑话那些让孩子读书把钱大把大把丢在水里的父母。现在，她什么都有了，就是不识字。最苦恼的是现在学校校门拦得严严的，老师从不跟你照面，啥事都是发微信、“秋秋”跟你说。乖乖，我啥也不懂，整天被那些小屁孩子埋怨，干着急还尽耽误大事。这不，老三读书报名说是网上报的。我们养蟹用网，学校报名也用网。我上哪去找这网呀。到了正式报名那天，我半夜去排队排了第一个，结果老师说名额满了，网上没报的，不能读书。我说我给两倍的钱行不？老师说的话太气人，说给再多的钱，也不能报，这是教育局硬性规定的。这不欺负我不识字嘛。我有钱，多给钱还不行吗？！气人，气死人了！！

…………

这天，李沁接待了十几个雇佣家庭。据说，还有人家要来登记，专门想请她做自己的家庭秘书。

最终，李沁选了一家。十二号家庭，父母离异，母亲带着一个男孩。这男孩比他的二儿子李星问题还多。他母亲在约他时，他正在少年法庭上受审。放学路上，这孩子欺诈小同学，还伤了人，只是法庭还没最终审判。李沁选了这家。就因为这母亲是李沁她家雇用了好多年的钟点家政员周婶。

当周婶出现在接待室李沁面前时，周婶只是一个劲儿地痛哭。说，李姨，我会做牛做马地赚钱，付上您的工资。我儿子只有您能够救他，否则，我儿子就彻底废了。我的后半生也就没一点指望了。

李沁，选了为周婶当家庭秘书，只是，所约定的工资是所有雇佣家庭中最少的。

百家菜

唐丰收退役后，回到陈墩镇。镇里安排他到钱李村当村干部。

临行上任前，周镇长约他谈了一次话。周镇长说：“钱李村，情况复杂。主要是两大姓家族之间长年的积怨一直没有能得到最终的消解。告状、械斗、伤人、判刑，事情不断。这些年，县里、镇上曾多次派工作队进去做工作。现任村干部虽说是最佳人选，然磕磕碰碰的事还常有。”

唐丰收沉默着离开了镇政府，径直进了钱李村。

村委办公和住宿条件都挺简陋。知道唐丰收要来，村主任老李专门为他腾出一屋作房间。唐丰收放下行装，问：“有锅台没？”老李一脸疑惑，说：“锅台有一个，就是十几年没人用过。村里没食堂，想安排你到村民家搭伙。”

唐丰收婉言拒绝，说：“不用，我煮些面吃吃即可。”

老李没再坚持，领唐丰收看了那长年闲置的锅台，嘱人仔细洗刷一遍。老李看了一眼唐丰收带的挂面，说：“你这样吃，会把身子吃坏的。”

唐丰收笑笑，说：“习惯了。这几年在哨所，人烟罕至，小半年冰雪封山，有时能吃上一碗热气腾腾的挂面，也是一种享受。”

老李没接嘴。

锅台边，有个紧靠路边的窗口，唐丰收煮面时能从窗口看见下田来去的村民。当然，下田来去的村民也能看到下挂面的唐丰收。

吃了挂面，唐丰收就由老李带着去村里转悠。走了一圈，唐丰收不走了，唐丰收发觉自己走的人家似乎都姓李。第二天，唐丰收让会计小钱带着到村里熟悉情况。走了一圈，唐丰收也不走了，唐丰收发觉第二天走的人家似乎都姓钱。第三天，唐丰收自己独自到村里走访，走到哪家是哪家，还自带军用水壶，渴了，喝上一口。

饿了，唐丰收回村委住处，煮一碗挂面。这天捞面时，唐丰收竟发现窗台上竟搁着一把鲜嫩的小葱。唐丰收取了，洗了，剪碎搁在面汤里，那面顿时香气扑鼻。唐丰收把多余的小葱种在屋边的花坛里。

一天，窗台上多了一小把大蒜叶，佐面挺好的。又一天，窗台上谁又搁了一把鲜嫩的小青菜。后来，品种翻新了，有丝瓜、豇豆、芹菜、橄榄菜、茭白、番茄、辣椒、黄瓜、小南瓜，应有尽有。唐丰收也不客气，一一收好。煮面时，也煮些新鲜的蔬菜独自享用。又一天，窗口多了一枚满是泥巴的鸭蛋，显然这是谁随手捡了搁在这，让他享用的。又一次，挂的是泥鳅。泥鳅这活物，虽说水田里到处都是，然不花些心思是逮不住的。

唐丰收几次想看看到底是谁给他搁吃的，然纯属徒劳，下田来去的村民从窗口路过，似乎都是陌路人一般。

一个多月过去了，周镇长下乡路过钱李村，绕过来看看唐丰收。真巧赶上吃午饭，唐丰收给周镇长他们一人煮了一碗挂面。挂面的浇头，可谓五彩缤纷，黄的是鸭蛋、绿的是小白菜、红的是番茄，小葱提香，一人再加一勺辣酱，吃得周镇长和驾驶员满头大汗，直呼过瘾。周镇长笑着说："丰收呀，你一个人也真会享受的，都是乡村时鲜呀！"

唐丰收老实交代，说："我可一分钱没花，都是下田回来的村民看我可怜，搁我窗台上的。"

周镇长笑笑，说："这叫百家菜，不错。最起码说明村民不讨厌你。"

吃了面，唐丰收说要汇报工作。周镇长一抹嘴说："免了，你一个人在这里不饿肚子，我就放心了。"

转眼，唐丰收进村做村干部两个多月了，村里一百户村民认识了一大半。村里要做的事，做得还算顺利。

然天有不测风云。突然一天傍晚，村头一户人家燃起大火。一见烟火，唐丰收便以百米冲刺的速度朝火场奔去。烧的是一处老屋，有少许先头赶到的村民正在奋力救火，然火借风势越烧越旺。唯一让人宽慰的是困在火里的老人已被人救了出来。然一些村民在紧张救火，而另一些村民却在袖手观望。唐丰收马上意识到事态的严重，烧的是钱姓人家的屋，李姓人家似乎与己无关。唐丰收一边在现场指挥村民救火，一边联系村主任老李火速督促李姓村民救火。李姓村民先是无动于衷，后见大火即将殃及一旁李姓人家楼房时，这才出手相救。人多力量大，各种救法齐上，终于控制住了火势，然老屋还是塌了。

大火第二天，唐丰收召集村民开会，动员大家为受灾老人募捐。然跟救火一样，李姓人家反应迟缓。不尽如此，唐丰收还听到一些异样的声音。钱会计悄悄告诉他，这就是钱李两姓结怨的根子。钱三家老大，睡大了李大家哑巴小女儿的肚子，还不认账。李大家老二揍了钱三家老大，钱三家老三不服，打残了李大家老二，吃了官司。后来，李三家小儿子溺水，钱三家父子见死不救。最终，家族之间的怨恨越积越深。

唐丰收开了干部小会，说在座不管姓钱还是姓李都要带头捐。边捐，边写榜公布。捐款第一人，这样写着：吃百家菜的感恩人：捐 9999 元。村民们看了捐款榜，先是不解，后一家家悄悄地捐了。到了深夜，全村一百户人家有九九户捐了 56999 元。连在外的子女都通过微信转款捐了。只是，没有一家写上真实的姓名。后来的捐款榜是这样的：吃百家菜的感恩人：捐 9999 元。不计前嫌人：捐 200 元；都是一村人：捐 600 元；不记仇的人：捐 100 元；有难就得扶一把的人：捐 2000 元；钱李本是一村人：捐……合计捐款：56999 元。

小轮子和大远方

李远，从小喜欢轮子。他喜欢砖轮子，喜欢木轮子，喜欢铁轮子，喜欢橡胶轮子。凡是能够转动的轮子，他都喜欢，而且不是一般的喜欢，他是那种如痴如醉般的喜欢。他曾用最简单的工具，为自己打磨了四只砖轮子，装在家里一只小木凳子下，然砖头毕竟是泥土做的，经不起折腾，没多久就破碎了。他也曾用爹的木工工具，为自己制作一副木轮子，木轮子装在小凳子上，坚固耐磨多了，这让李远特兴奋。

李远的大舅是陈墩镇农机厂的金工，见小小的李远如此沉迷在轮子中，便把厂里没用的几个旧轴承偷偷带回家送给李远。李远第一次见到如此精美的铁轮子，简直乐疯了。李远前前后后花了半个月的时间，把三个轴承装在自己常坐的那只小木凳上，一大两小，一前两后，还动足脑筋，给这只有轮子的木凳子装上了驱动和制动的装置。这一年，李远九岁，读小学二年级。

其实，李远是个双腿残疾的男孩，从小患有小儿麻痹症，两条腿严重萎缩，直立行走得拄双拐还挺费劲。自从小木凳子装上轮子后，李远似乎多了两条腿，他不用爹妈背着上学了，别人推着小凳子就行。短距离的路，他自己驱动着来去自如。李远有了自己专用的交通工具，同学们都挺羡慕，几个要好的同学，专门和李远结伴同行，那带轮子的小木凳子也真精巧，一推就动。所有的人见了，都夸李远心灵手巧。

这样带轮子的凳子，李远做了一只又一只，越做越精巧。他把别人家丢弃童车的轮子卸下来，装在爹请人做的椅子上，那轮椅又结实又耐用。李远还专门为自己设计制作了一款多轮的能够在别人的帮助下爬楼梯的轮椅。那年，他十九岁，读高三。

高考时，李远报考的是交通院校的物流专业，同学们一个个惊诧不已。后来竟然被录取了。

大学毕业后，李远没有去任何一家物流公司投档案找工作，他买了辆人家淘汰下来二手的四轮残疾人摩托车，加入了送快递的行列。他嘴快手勤车轮更快，送快递送得还算顺溜，他享受着四处奔忙的感觉。

送了半年快递，李远跟爹娘说，想把那套爹娘给自己准备的旧房子卖了，买一辆大货车跑长途。爹娘知道儿子的心思，没说什么。李远终于有了第一辆属于自己的大货车。看着大货车一个个崭新的齐腰高的大轮子，李远竟然情不自禁地用唇吻了一下。李远请了名年轻的司机，问，愿意跑长途不？司机说，我就想满世界跑跑看看。李远说，正合我意。司机只管开车，李远随车管后勤、接洽生意。李远特别喜欢跑那种上千公里甚至更远的长途，尤其是那种人家不愿意跑的又远又偏的单子，李远总是很乐意地接了，随着司机开开心心地去，快快乐乐地回。李远的微信朋友圈里，是满眼天南地北的实景照片：大兴安岭、塞北草原、川藏公路、北部湾、中原大地、江浙沪金三角、黄河入海口、广东沿海等。一处处实景照片，让那些在公司里整天忙碌的同学们羡慕不已。

过了一年，李远用爹娘的房产证抵押贷款，买了第二辆大货车，又请了两名司机，吃住在车上，天南地北地跑。李远是学物流专业的，他总是有一些比一般人更好更多的点子，短短两三年时间，竟然取得了很不错的业绩。有人主动提出带资加入他的团队。就这样，李远的车队，渐渐有了规模。与其他公司不同的是，李远一直随车队东奔西跑。车队里所有的事，不用部下请示，总会在第一时间里得到妥当处置。司机们的生活，李远也总是安排得井井有条。有几次现场处置突发事件，对方事主、交通警察，一看见坐在轮椅上或拄着拐杖的李远在那里拿主意想办法，人家就先服了，再难的事也网开一面。

后来，李远网上认识了一位性格直爽的内蒙古姑娘，聊得挺好的，两人都相见恨晚。李远问她，我腿脚不方便，你在意不？姑娘说，不在意，你有轮子。姑娘问，我在远方，你在意不？李远说，我有轮子，我喜欢远方。三天后，李远带车队绕道五百多公里，赶到了姑娘的老家。姑娘一见，乐了，带着户口本随着车说走就走。几天后，李远带着姑娘回到江南的家，李远的爹娘见了，更是乐得合不上嘴。只是，李远和姑娘办了婚礼后没几天，就带着姑娘又随车远行了。

司机们跟着李远走南闯北，都说李远到哪，好像公司就到了哪，家就到了哪。

找一个能够造桥的地方

1998 年 3 月 22 日，刘杰和李琪，凭着一纸地图，买上了两张上海来昆山的火车票。

刘杰和李琪是内蒙古工业大学即将毕业的本科生。

刘杰出身农家，高中是在离家四十里外的学校读的。每隔一段时间，他父亲总会赶到学校给他送吃的和用的。记得读高二时的一天，11 月份，气温骤降至零下 20 多摄氏度，他父亲冒着严寒到学校给他送棉袄棉裤。赶到学校时，是中午 11 点多，他父亲的脸已冻得发紫。当父亲把 40 元钱小心塞给他又要饿着肚子打回时，刘杰第一次流泪了。他知道父亲不舍得几角钱的饭钱。刘杰含着泪跟父亲说：爸，我一定会考上的！

李琪，是热水乡农家千把口人中唯一考上大学的才女。为供她读书，父母整日辛劳。她母亲身子一直不好，一受累就口吐白沫不省人事。就在她决计离开内蒙古时，她父亲病了，需要手术。为了筹集这一万七千多元钱，她姐姐、弟弟跪在一处处并不富裕的亲戚家，求来了这笔手术费。然当父亲知道她要去南方，还是抽出两千元，让她交了出区费。

刘杰和李琪读的专业是桥梁建设，然内蒙古很少水，不用他们建桥，为了找一个能够造桥的地方，他们宁愿借钱出八千多元的出区费一路南下，义无反顾。因为他们知道只有南方多水，南方一定会有大量的桥等他们去造。

他们出内蒙古的第一站是上海。他们一同在同济大学实习。每天下班后，他俩总要到在建的吴中路高架桥和铁路高架桥附近，望着一大片向远处伸展的工地。每天，他们都挺亢奋，都在鼓励着对方：加油，找一个能够造桥的地方！李琪在上海工作的表哥指引他们，去昆山吧，那里有大片的水，是个挺不错的地方，你们不妨去试试，一定有桥可造！

上了火车，才坐定。刘杰掏出车票悄悄地跟李琪说，这回，我们一定能行，你看这去昆山的车次：666，六六大顺呀！

到昆山，人生地不熟，刘杰便给交通局人事科打电话，说我们来自内蒙古，造桥专业的本科生，想找一个能够造桥的地方。人事科接电话的人说，那你们去航道处试试吧。航道处人事科吴科长是个热心人，一听有两个造桥专业的本科生想过来，便来了兴致，电话里问清了大体情况，说马上向领导汇报。其实，处里新成立的航务公司正需要造桥专业人才。第二天，刘杰和李琪便应约来到航道处。处领导对两人的专业、学历以及对就业的诚恳态度，都很满意。然最终决定时，处领导有点为难了，事业单位编制非常紧，一进进两人，确实挺难。李琪看出处领导的为难，因为这也是他们找就业单位时一次次碰到的难题。李琪主动跟领导说，我是农家出来的，家乡非常穷。我能够吃苦，我能够上一线建桥工地工作，什么样的工作我都能够做。求贤若渴的处领导当即表态，我马上跟局长请示，只要局长那里能够通过，一切都没问题。第二天，局长同意。第三天，到人事局办手续。一切顺利到连他们做梦也没有做到。

1998 年 7 月 20 日，刘杰和李琪到航道处正式报到。人到，行李也到了，鼓鼓的两个麻袋，除了一些衣物碗筷之类最简单的随身用品，其他都是他们宝贝的专业书籍。

单位里为他们安排了两处临时住处。李琪简直不敢相信自己的眼睛：这么大呀！老家，他们三代人才住三间狭窄的园脊房。处领导从自己家里提了口新锅来了，说，先对付着把锅给支起来。一会儿，吴科长她们把家里崭新的东西一样样搬了过来。不久，单位里给他们送来了一笔大钱：他们出区时付的八千多元出区费，单位里给报销了。

1999 年 1 月 23 日，航道处会议室里张灯结彩，单位出面为刘杰和李琪办了一个远离内蒙古老家的隆重婚礼。单位里专门把一套三室一卫一厨共计 71.5 平方米的住房分给了他们。这是单位专门为新来的大学生预留的。装修用的也是单位里借给他们的一万元钱。电器之类的是中层以上干部每人二百元、三百元捐助买的。

婚礼异常热闹，单位里的干部职工大多来了。只是，刘杰和李琪的家人，一个也没到。因为，从内蒙古到昆山的车票，对他们来说，是一笔根本无法筹集到的大钱。

婚后，单位里给刘杰和李琪放了一个月的婚假。临行时，刘杰专门去了一趟上海，按照报纸上介绍的一家专营药店，把婚礼上剩下来的 1800 元钱，为李琪的父亲买了半个疗程的药。一路上，李琪把药藏得好好的，生怕有一点闪失。一路回家，几千公里，李琪感动了一路。

到了内蒙古老家，他们先去了李琪家，再去了刘杰家。老家的乡亲们都来看他们。他们一一告诉他们：他们终于找到了一个能够造很多很多桥的地方。他们不信，因为在内蒙古，是看不到桥的。

刘杰拿出了随身携带的昆山交通规划图，上面虚虚实实的连线让所有的乡亲眼睛都直了，问，这要造多少桥呀？！刘杰说，反正我这辈子造不完。造了河上的大桥，还要造陆上的立交桥、高架桥。

给第一个路人拜年

陈墩镇有一个新年习俗，就是大年初一早上出门后，要给第一个遇上的路人拜年。拜年，自然与打招呼不同。拜年，有一种近乎端庄的仪式感，需要拜的人内心虔诚。拜的人往往是小辈或辈分低的人。拜年，得事先想好一起祝福的词语。受拜的人往往需要回拜，这回拜需要讲上几句祈福的语言，还得赠些小礼，比如给孩子二元或五元的红包，或一把花生米，或一把糖果，当然也有差不多辈分的男子之间，回敬一支好烟。

这个习俗起于什么年代，镇上没人考证。镇上人都遵循着这一新年习俗。

住在青龙桥堍的项二，习惯早起。每日早起后，项二就沿上塘街溜达一圈。大年初一自然也不例外。

项二走了一段路，忽然见前面红木桥堍出现一个拄着拐杖的人影，心一惊。这人不是别人，恰恰是多年没见的哥哥项大。

早些年间，项二住在青龙桥堍，项大住在红木桥堍，兄弟俩有事没事串串门，一起或乘个风凉，或孵个太阳，或抽几支烟，或抿几口酒。只是爹娘过世之后，为了爹娘留下来的房子，兄弟俩弄得有点不大愉快。爹娘都是镇上供销社的老职工，住的房子是供销社分的。到了房改那年，供销社让职工们把各自住的房子折价买下来。当时，爹娘说没钱，项大就凑了些钱帮爹娘把房子买了下来。当时，项二还在徐州煤矿，自然不大清楚家里的事。等爹娘过世后，那空关的房子正好轮到供销社拆迁盖商场，于是，那房子换到了两个小户的新房。按理说，两套房子弟兄俩一人一套是没有异议的，项大提出爹娘的房子是自己筹钱买的，虽便宜，但也花的是真金白银，把家底掏空不算，还欠了一身的债，还了好多年，因为那时实在没钱。项二说，爹娘也没留张字条什么的，我凭啥信你。为这事，兄弟俩闹翻了，几乎闹到要对簿公堂的地步。兄弟俩一下子成了陌路人，路上远远见了，总是你走上塘街，我就绕走下塘街。到了逢年过节、婚丧喜事啥的，兄弟俩也是能避则避。最近几年，项二好久没见项大了，听人说，项大去儿子那里住别墅了。没想到，几年没见，项大竟然拄起了拐杖。

项二犹豫着，但他没有绕走下塘街，因为按照陈墩镇的新年习俗，大年初一不能不给第一个路人拜年。

可能项大也看见了他，也在犹豫，只见项大在走廊的长椅上坐了下来。

项二犹豫再三，还是硬着头皮朝项大坐的长椅那边慢慢地走了过去。走近了，作了个揖，说："给你拜年。祝你鸿运高照，健康长寿，儿孙孝顺……"

项二像小学生背课文一样，把所有能够想到的拜年祝福词说了一遍。项大站着，诧异万分，嘴里喃喃着，在回礼。

拜了年，项二觉得自己一下子脱胎换骨似的，很轻松地继续朝前溜达。

“老二。”项大叫住他，“这是你喜欢喝的自酿米酒，我今年新酿的，你尝尝。”

项二回身，接过项大递上的米酒。这也是陈墩镇新年的习俗，给人拜年是不能不收别人回赠的礼物的。

溜达了一圈，项二回到了家。打开项大赠的自酿米酒，倒了一杯，抿了一口，不醉也醉了，那酒还是早年他喜欢的那口味。项大早年在供销社时，跟爹学了一手，那就是自酿米酒，酒很醇，有回味。除了项大，镇上没人能酿。然项二自从兄弟俩闹翻后，就再也没能喝上项大的自酿米酒了。

项二喝着酒，儿子带着媳妇、孙子来拜年。

项二说：“你大伯回来了，你待会儿也去拜个年。把我晒的那方腊肉也带上。他好那口。”

儿子惊诧不已，生怕听错了，问：“哪个大伯呀？”

项二说：“还能有哪个，你就一个大伯！”

儿子去了。

项二连喝了几杯米酒，有一种想哭的感觉。

傍晚时，儿子独自过来。儿子跟项二说：“爹，大伯让带样东西给你。”

“啥呀？”

“你自己看。”儿子取出两本证书，一本房产证，一本土地证，说，“上面写着你的名字。”

项二没看自己的名字，径直回房，取了一叠钱，跟儿子说：

“这些钱，你去给你大伯。那些年，我在外面煤矿里，是你大伯照应着我们老项家。”

儿子拿着钱，项二突然说：“再跟你大伯说，米酒，我喝过了，还是早先那味道，没变！”

儿子“嗯”了一声，拿着钱去了。

吃大闸蟹

第一回见到许冠，是在他校园里的公示牌前。他是生物制药专业的研究生，对我们园区内的几家高新企业特感兴趣。他问了一些专业的问题，便问我们鹿城的具体位置。我跟他说：“在上海和苏州正中间，靠近阳澄湖。”他似乎对阳澄湖挺感兴趣，又问：“能吃到阳澄湖大闸蟹吗？”我说：“没问题！”于是，许冠把到鹿城吃阳澄湖大闸蟹的消息在校园里传播开来。我们随后发觉，许冠有点像小领袖，他的就业意愿，潜移默化地影响他周围的一群同学，自然包括他的师妹程琛，据说是他的女友。

时逢晚秋，我们的团队从沪、宁一些名校发布招收应届毕业生的信息后，反馈信息便接连不断地过来。吴局长让我们分批接待过来走访的应届毕业生。我精心设计了走访线路，重点安排参观高新区里一些主要功能园区和一些拟招毕业生的高新科技企业。

这天，许冠来了，带了一帮师兄弟姐妹，乘高铁专程从南京过来，也就一个半小时。他们有好几个专业，我们一一按专业安排走访线路。一直到傍晚六时多，大家才兴致盎然地在渔家灯火会集，用晚餐。

渔家灯火，紧靠阳澄湖，大大小小的餐饮船，鳞次栉比。红彤彤的招牌，把一大片湖岸点缀得绚丽夺目。笔挺的阳澄湖公路大桥、流线型的高铁高架，一高一低，紧贴渔家灯火，彰显一种现代化的前卫与大气，而渔家灯火是宁静的。

在渔家灯火用餐，湖鲜是当家菜。油炸鳑鲏鱼、菱角、毛豆子咸菜，是几道农家特色冷菜。大鳊鱼、清水虾、鳝桶煮螺蛳、蚬肉炒韭菜、蚌肉金花菜，也是渔家新鲜的菜肴。这时节，恰逢金秋阳澄湖大闸蟹膏黄丰腴时，自然给每人安排两只大闸蟹，这其实是鹿城当地人招待客人的标配。

渔家主人端上煮熟的大闸蟹，满满腾腾两大盆，冒着热气。那蟹，蟹背通红鲜亮，两只大螯气宇轩昂，灯光下蟹爪上的绒毛金光闪烁。那蟹脊饱满，尤其是那母蟹，蟹脊处透着橙红的光亮。

大学生、研究生们“哇”的一声便纷纷掏出手机，全景、特写、美图，拍个不停。

拍了，却没人开吃。我说：“别客气，每人两个，一公一母。”

好几个人面面相觑，也有人不好意思，于是，我把公蟹和母蟹拿给大家。众人会意一笑。

许冠带有调侃的口吻跟大家说：“我们冲着阳澄湖大闸蟹来的，谁客气，谁就是跟自己过不去。”说着，“咯嘣”一声把手里的一蟹掰开，一见中间黏糊糊的胶状物，便麻利地用筷子，用做实验一般娴熟的手法，剔除胶状物，然而咀嚼蟹肚上附着的絮状物，一边嚼还一边品味说：“这蟹味，真鲜美。”

我一见，不知如何是好，旋即拿一只蟹，演示起来。我说膏黄是眼下最鲜美、最肥美的；而絮状似的蟹蓑衣，是蟹过滤水中杂质的器官，不能吃；蟹肚里的六角，性寒，更不能吃。对面的程琛“噗”的一下子笑出声了，她不会吃，刚才仔细看着许冠把该吃的剔除，不该吃的全吃了。

许冠自知吃蟹吃出洋相，尴尬片刻，起身，突然瞥见一旁桌上有只精致的大青瓷碗，碗里盛着菊花茶水。许冠把大青瓷碗端上桌，自己倒了一大碗。我正要阻止，不料想他已“咕嘟咕嘟”一饮而尽。

一旁的女服务员止不住“噗”地笑出声来。

我示意女服务员把大青瓷碗端下去，另泡一壶浓菊花茶上来。

许冠见状，一迭声说：“不碍事，不碍事，这茶挺好的。”

有几位止不住笑喷了。

许冠起初不知大家为何笑，等明白缘由后，更是一脸尴尬。

用完餐，我送他们去高铁站。临行时，许冠悄悄拉着我征询说：“能不能给我一只大闸蟹的标本？”

我挑了一对最丰满的大闸蟹，包了，悄悄塞给他。

没几日，许冠从微信上给我发了一幅大闸蟹解剖图，纯手工绘制，特精致。一公一母，活灵活现。画面精致，蟹爪上的绒毛根根毕现。蟹壳、大螯、蟹爪、膏黄、蟹肉、六角、蟹蓑衣，一目了然，完全可以作为教学级别的挂图。最绝的是蟹的一些关键器官，都注有中、英、日、韩、法五种文字。还特别注明大青瓷碗里的菊花茶是洗手的。

我把手绘图发给吴局长，吴局长看了连赞三声“绝妙”，并让我打印一百份，作接待专用。

不久，许冠果然带着师妹来应聘了。几位老总得讯，抬着年薪争他。

许冠来后，果然不凡，没几年，就在研发上取得了好几项专利。

拎着水壶旅行的老人

八年前，我参加了一个欧洲行旅游团，二十来人，清一色老人，或老夫妻，或老兄弟，或老姐妹，或老同事，也有单身的，不多，盼盼导游对这些单身老人特别关心，把他们编在第一组，关照的事总对他们再说一遍。毕竟都是老人，又是单身，万一有个闪失，全团都得跟着受累。

我们的旅行是从罗马开始的，飞机从上海到罗马。罗马是个古城，说是让我们品味“罗马假日”风味，盼盼导游摇着绿色毛绒小熊带着我们领略了许愿泉、古罗马废墟、古罗马角斗场、古罗马凯旋门等景致，当然都是走马观花。

第二日，说好七点整集中上车去梵蒂冈。尽管盼盼导游关心有加，然还是有了闪失，到了七点十分点名时竟还缺了一个。一查，说是叫李小兔的。听着这怪气的名字，全车人都笑了。盼盼导游急了，下车去房间找。一会儿，李小兔老人粗糙的大手拎着把客房的金属水壶，跟宾馆客服经理一起来到客车旁。三人叽里咕噜用英语在说着什么，李小兔的神色挺紧张。盼盼导游一边安慰车上游客，一边在帮李小兔与客房经理沟通。好半天，车上旅客才弄明白：李小兔要带走客房里的一把水壶，宾馆客房经理说这是非卖品。李小兔非要带走，愿意出钱；客房经理说从来没遇上这样的事，得请示上司。又过了一些时间，终于谈妥了，李小兔花五十欧元，带走了客房那把旧电水壶。

当李小兔如释重负地拎着水壶上车后，全车所有旅客都用异样的眼光瞧着他，甚至有几个人在嘀咕：人老了，脑子出毛病了。到商店里去买把新水壶也要不了这价。

我开始仔细打量着这李小兔，近七十岁的年龄，一头花白的头发，身材壮实精神矍铄，一看就是那种一辈子干粗活的农民，从那拎水壶的粗糙的大手和有点变形的手指看，更像农村有点手艺的匠人，或瓦工，或木工。没想到的是，李小兔竟会一口流利的英语。

看了梵蒂冈中圣彼得广场、圣彼得大教堂，我们就乘车先去佛罗伦萨，又去威尼斯，坐着别具一格的贡都拉人力游船，游览威尼斯。

每到一处，不管是游玩，还是用餐，甚至上洗手间，李小兔手里总拎着那把用五十欧元淘来的旧水壶。旅客中都认为李小兔脑子有毛病，回避他，他倒是个安静的人，除了问盼盼导游一些想要知道的事，很少与人搭腔。只是，旅游中有游客看着眼前的英文犯晕时，他会指点一二。到了因斯布鲁克的玛丽亚特蕾莎大街自由活动时，有对上海老夫妻看到几样自己孩子让他们捎带的化妆品，而他们却无法与店员深度沟通，一时急得团团转。李小兔见了，便主动为他们翻译，反反复复，清清楚楚，明明白白，最终上海客人买到了心仪的化妆品，店员做成了一笔不小的生意，皆大欢喜，拉着让我给他们合影留念。

到慕尼黑，盼盼导游给我协商，说跟李小兔同房的老人，嫌李小兔晚上睡觉时打呼噜、磨牙，不想再跟他同房。我说，那就和我换吧，反正跟我同房的也打呼噜。

其实，李小兔是个挺随和的老头，话不多，手脚勤快，不惹人厌。

在客房里无聊时，我们就有一句没一句地闲聊。其实，我对他的身世有点好奇。于是他便零零散散跟我讲他的一些往事。

李小兔出生在江南一个叫陈墩镇的古镇。初中时，父亲大病，欠了好多钱，他只能辍学跟舅舅学木工手艺。有回，舅舅带他去学校修课桌，没要一分钱。校长挺感激，给他补了张毕业证。那时，学生们都不愿学拗口的洋文。每堂英语课，学生们都呵欠连天、恹恹欲睡。然李小兔却不同，他酷爱英语，成了一种特殊的嗜好。每堂课，英语老师似乎为他而教，只要李小兔会了，老师便开始教新课。每次英语测验，他总是全班第一。

出师后，李小兔每年都会花一些时间为学校无偿修课桌。修课桌的那段时间，李小兔最快乐，他能隔墙听老师教英语，老师在那边念课文，他就隔着墙在这边跟着一句句念。这些英语课文，他已经念过不知多少遍了，早烂熟于心。他还专门讨些旧的英语教辅书，爱不释手。

又过了好几年，李小兔舅舅把村上比李小兔大 6 岁的黄小兰说合成了。黄小兰家成分不好，家境也不好，一直找不到婆家。结婚后第二年，黄小兰给他生了对龙凤双胞胎。李家本来家境就不好，一下子添了俩小孩，日子更窘迫了。婆媳俩合伙不让李小兔再去学校无偿修课桌。李小兔牛脾气来了，摔着家伙说，要我不吃饭可以，要我丢英语，没门！

双胞胎一天天长大，李小兔竟在孩子身上想出了馊主意。俩孩子话还没会几句，李小兔就教洋文，弄得俩小孩整天“咿里哇啦”“nois”的，不知说啥。

李小兔那俩双胞胎，读书特聪明，门门功课出类拔萃。大学毕业后，俩孩子先后选择了出国勤工俭学，读了硕士读博士。

剑桥是我们这次旅行的最后一站。李小兔拎着水壶旅行，大家也习以为常了。

到剑桥，李小兔跟导游请假要离团二小时，导游不放心，让我随行。说好相约在剑桥畔，到时，见一对年轻的男女正在桥附近邮亭边等候。李小兔欣喜万分，跟我说，那是他俩孩子。

远远只见李小兔把手里的水壶给兄妹，兄妹推着，最后还是拿了。

回去路上，我一脸疑惑问，为啥偏要花五十欧元买个旧水壶给儿女？

李小兔一脸无奈说，我出来时，把这几年辛辛苦苦积攒的钱兑成欧元想给孩子们贴补生活。因为，这次出行也是孩子们用自己勤工俭学省下的钱给他报的名。才到欧洲，生怕钱丢了，李小兔灵机一动把钱塞进客房的水壶里。谁料想，水壶口小，第二天早上却一时心急怎么取都取不出来了。

听李小兔这么一说，我简直笑喷了。

小美声·大辫子

肖源有一副浑厚、磁性十足的好嗓子。很小的时候，他就跟苏城出了名的陈老师学美声。练了几年，美声唱得有模有样，人称小美声。后来，他的真名都没人叫了。就在肖源踌躇满志准备报考音乐学院时，一股全城大插队的洪流，把他冲到了乡村。

他住的小红瓦房就在阳澄湖边上，屋前是小石桥，屋后是一大片竹园。每日晨曦初露，小美声便站在桥上朝着宽阔的湖面练声。那怪怪的吼声惊得竹园里的鸟扑腾腾飞过来飞过去。满村的鸡啼与犬吠，似与他的美声比高低。

最初，村民觉得挺好奇。后来，他每日每日地吼，也吼不出啥名堂，村里人烦了，觉得小美声神经兮兮的。除了美声，小美声其实没啥会的，烧饭洗衣，马马虎虎对付着。田里干活更是洋相百出。小雨天，赤了脚在田塍上走，小美声总是一个接着一个跟斗，别想让他再干活了。几年下来，小美声的日子过得一天不如一天，勉强混饱个肚子。有时出个村，总被人点点戳戳的，更有时乘船经过邻村，邻村的小孩干脆唱山歌一般大声喊他“神经小美声，神经小美声”。

村里有个大辫子，对小美声却特好。小美声衣服没得换了，她会悄悄地给他洗了；饭菜没做，她会偷偷地从家里多扒一碗过来塞给他。大辫子叫阿兰，是队长的女儿。阿兰天生喜欢唱歌，也有一副金铃般的好嗓子，唱山歌，唱样板戏，唱得像模像样，村里人都赞她。然小美声练声的时候，大辫子是不唱的，她只专心地听着。大辫子是晚上唱歌，一天劳作下来，人家累了，她不累，一支支歌接连着唱，唱得竹园里的鸟扑腾腾地乱飞。

到了 1978 年春上，小美声终于可以回苏城了。大辫子突然变得六神无主，歌也不唱了，人也不见了踪影。队长也整天拉长个牛脸，动不动就跟人发火。

突然有一天，队长开脸笑了。村里人都知道，大辫子阿兰跟小美声领了结婚证书，要去苏城当城里人了。

回苏城后，小美声夫妻俩一起被安排在街道工厂，做些外贸手工制品。第二年，大辫子生了个女儿。他们的女儿有点特别，人小嗓门却特别亮，第一声哭就让小美声喜盈于色，满心惊喜，不住地说，好嗓，好嗓！于是，夫妻俩开始为女儿规划美好的音乐人生。买名牌的乐器，听世界顶级音乐大师的作品，喂养喉的保健食品，请专业的声乐老师，夫妻俩为了培养女儿，不惜一切代价。

为了能够增加收入，小美声工作异常勤奋，不几年就成了厂里出色的技术骨干，被提拔为业务副厂长。小美声整天想的是厂里的业务、女儿的音乐。然而，没过几年，厂子入不敷出，最终倒闭了，夫妻俩也双双下岗了。

下岗后，夫妻俩没有那么多收入来应付女儿的昂贵的声乐学习。大辫子一拍大腿回村包了几十亩地，养鸡、养鸭、养鱼、养蟹，种蘑菇，有了收获就运到城里自己摆摊出售。货是新鲜的，价是便宜的，大辫子更有一绝，就是凭一副好嗓子，能把自己的好货与低价编成山歌在市场摊位上不停地唱。唱得买菜人都来瞧个好奇，唱得四周卖菜的心里痒痒的。后来，夫妻俩一合计，小美声干脆带些厂里下岗的男工下乡种养、跑运输，大辫子带些下岗的女工设摊销售。他们的业务越做越大，日子也渐渐好了起来。他们的女儿也渐渐大了起来，天生的好嗓子，再加上花钱花时间到处拜名师，声乐上进步非常快，参加了几场区域性比赛，成绩不菲。高考时，他们的女儿终于不负众望，考上了那所两代人期望的音乐学院。可就在女儿即将赴京上学时，小美声的喉咙出了问题，到医院一检查，医生很明确地告诉他们，得马上手术。

小美声动手术的前夕，女儿用自己比赛得的奖金租了艺术馆的一个中型音乐厅，把自己音乐附中那帮擅长吹拉弹唱的同学邀来，请了专业的录音师，还请了自己的老师做艺术顾问，自己编排曲目，自己主持，设计了一场别致的家庭音乐会。

音乐会那日，小美声只唱了一首歌，不是美声，然被他一唱，却带有一些美声的韵味。那歌是这样唱的：“村里有个姑娘叫小芳，长得好看又善良。一双美丽的大眼睛，辫子粗又长。在回城之前的那个晚上，你和我来到小河旁，从没流过的泪水，随着小河淌。谢谢你给我的爱，今生今世我不忘怀，谢谢你给我的温柔，伴我度过那个年代。多少次，我回回头看看走过的路，衷心祝福你善良的姑娘。”

小美声的喉咙，因为病变，发音受到了一些影响，然从小练就的功力，让他对自己当下的声音有一个恰到好处的拿捏，低沉、委婉、意犹未尽。

歌毕，全场静穆，不知谁突然拍了一下手。紧接着，全场响起了热烈的掌声。那掌声掩盖住了场上止不住的哽咽。

几天后，小美声动了手术，手术很成功，然装上了人造喉。手术后，他只能靠人造喉发声。

同学庄强

庄强是我们家属大院的哥们儿，跟我一个学校一个班。那年，我们六年级。

庄强挺讲义气，院里的小哥们儿若受人欺负了，他常会出手相助。

有段时间，西街几个小混混，老堵我们放学的路，找我们的碴儿，跟我们要吃的、玩的。

我们不敢走学校回大院的直道，只能偷偷结伴绕几道小巷才敢回家。

一天，庄强跟我们说，放学时，让我们跟上他，他偏要走那条靠近西街的直道，偏要看看他们敢不敢惹事。我们不知庄强有啥能耐，全都半信半疑的。

临近放学，有人发现了庄强的秘密，并且把这一惊天的秘密向老师告了密。

老师如临大敌，上课时把我们有牵连的几个同学，全都叫到了办公室。我们不知发生了什么大事，一个个懵懵懂懂地站在办公室里，排成一排。

庄强单独站在办公室的一角，耷拉着脑袋，他远处桌子上放着一枚手榴弹。

校长来了，把我们的家长一个个全叫到了学校，跟往常一样，到学校的家长都是我们的妈妈们。可这回不同，庄强的爹来了。他铁板着脸，身上穿着蓝色的警服，鲜红的领章帽徽特别晃眼。庄强的爹是公安局的政委，打鬼子时就参了军。这回，庄强可把事给闹大了。

校长远远指着桌上的手榴弹，惴惴不安地跟庄强的爹说，庄政委，实在不好意思，我们只能惊动您了，您家庄强把那么危险的东西带学校来了。

庄强爹径直走到桌边，拿起手榴弹，先掂掂，然后拎在手里，走向校长，把校长惊出一头冷汗。

庄强爹一改平时的威严，温和地跟校长说，校长，实在对不起，我教育上疏忽了，有愧于学校和老师，我一定严加管教，绝不再给学校和老师添麻烦。说着，庄强爹把手榴弹往庄强怀里一丢，口气特别严厉，回家！

庄强拿着手榴弹，耷拉着头跟着他爹走了。

校长和老师一个个面面相觑，所有的眼睛都盯着庄强手里的手榴弹，一个个仍心有余悸。

庄强回家，先是被他爹一通好训，继而一个人在院子对面的小厨房里关禁闭面壁思过。眼前的桌子上竖着那颗手榴弹。到这时，我们才闹明白，原来那是一颗训练弹，跟真的简直一模一样。

第二天一早，被关了一宿禁闭的庄强背着铺盖拎着网兜，站在院子里再次受训。

我们一个个躲在窗后不安地看着，不知又要发生什么大事。

庄强爹训话说："回老家，就跟着你三叔，白天跟他上山干活，晚上自学功课。三叔吃啥你吃啥，三叔睡啥你睡啥。回老家后，把身上所有的坏习气给我全改了，不改好，就别想回来！"

庄强一脸沮丧，背着铺盖拎着网兜走出了大院。

这一走，就是大半年。

庄强没娘，他娘去年生病去世了。庄强走后，庄强爹一个人出出进进显得有点孤独，老拉着脸，很少与人打招呼。

同学中若有人问起庄强，我们只会神秘兮兮地告诉他，庄强被他爹赶回老家去了。老家有山，庄强在山里。

临近小学毕业考初中时，庄强突然出现在大院里，仍背着铺盖拎着网兜，个子似乎一下子长高了许多，衣袖裤管短了一些，橡胶鞋磨烂了，鞋面上有好些小窟窿。人比先前瘦了好多，越来越像竹竿了。庄强的脸特别黑，黑得泛油，活脱脱一个山里娃。

像山里娃一样的庄强似乎木讷了，变得不爱说话了，和我们一起上学的路上，他一句话都没说，只字没说这大半年是怎么过来的。

庄强到班级的第一天，班级里正好补选劳动委员。原来的劳动委员太懒，弄得我们班的卫生检查打分一直在全年级垫底。班主任不要他再做了，但没人自告奋勇地当劳动委员。这时，庄强举了手。班主任说，就这样吧，庄强，新的劳动委员。

庄强真的变了一个人，上课特别认真，估计他拖了这大半年，功课要赶上也够呛。每天放学，庄强总是留下来和值日生一起打扫教室，每天把窗户玻璃仔细擦一遍。假如黑板没擦净、课桌没排齐、工具没放整齐，庄强绝对不允许当天的值日生离开教室，而他总是最后一个离开。自从他接任劳动委员，我们班的卫生检查打分一跃而上，一直是全年级第一。班主任老师乐了。

到了毕业升学考试，庄强考了年级第六名。大院里的人都说，庄强被他爹给治服了。

到了新的初中学校，我和他还在一个班级。新的班主任老师提名他做班长，他自己却主动要求当劳动委员。初中、高中六年，我们一直在同个班上。高中毕业考大学时，庄强考上了军校。

三十多年过去了，庄强一直在大西北的戍边部队里，几乎没有回过家。听熟悉他的人说，他在部队里是带兵的团长，一位出色的军人。

庄强的爹早已离休，到了干休所。有时，在街上还能见到他，庄强的爹老了，但走起路来仍身板挺直，军人气质不减。看见庄强爹，我们就自然想念起同学庄强。

上山·下山

好友撮合，李斯与蓝妹喝了几回咖啡。

李斯年长五六岁，女儿在澳洲读博士；蓝妹即将退休，儿子住校读高中。好友说，你们俩都单身多年了，孩子也大了，该腾出时间好好谈一次恋爱了。

喝咖啡时，李斯跟蓝妹说，我以前看过一部《庐山恋》的电影，对庐山挺神往。蓝妹说，我也看过，好想去山上拍些照片。

说走就走，李斯开了车，两人就上了路。一天的路程，李斯把车开到了庐山山脚下。蓝妹说，乘车在山上转来转去的，头晕，还是慢慢走上去吧。

车停山下，两人沿着莲牯路从好汉坡一路上山。山路时缓时陡，天然的石块石条砌成的台阶，已经与山坡浑然一体，拾级而上，李斯似乎觉得浑身有使不完的劲，背了两个人的行囊，并不觉得累，而蓝妹走几步停一停，一路上似有拍不完的美景。

到了竹林窠的滴翠亭，蓝妹说累了，李斯取出水杯，让她坐在路边石墩上边喝茶边小歇。李斯问，要不，我们还是想法去乘车吧？蓝妹说，没事，就是脚有些疼。李斯说，要不，我帮你按按脚。蓝妹笑笑，没事，歇歇就好了。

歇了一会儿，两人继续上山。山路开始陡了，一长溜的石级蜿蜒而上。李斯背上的行囊沉重起来，而且越发沉重，然李斯挺着，还不时拉蓝妹一把。 每当蓝妹实在走不动的时候，李斯总是拉她一把，扶她一程，鼓励她，说，再坚持一下，山上有更美的风景。

过了好汉亭，地势更加险峻，林更茂谷更深，一千多级越来越陡的台阶对所有的人都是一个挑战。李斯问蓝妹，行不？蓝妹不太自信地说，我慢慢走吧。李斯拉着蓝妹一级级向上攀登，背上的行囊越来越沉。

可爬到半道，李斯突然头昏眼花、脸色刷白，两条腿一点也不听使唤，身子晃晃的，一屁股坐在山路边的坡地上。蓝妹见了，吃了一惊，忙问，你怎么啦？李斯脸色越发苍白，仿佛一下子被抽掉了精气神，人一下子瘫软下来，竟然连坐的力气也没了。

蓝妹似乎一下子变了个人，麻利地打开行囊，找出水杯、饼干，让李斯喝几口热水、嚼几块饼干，说，你先补充一点能量。然后，给李斯把了一下脉，说，心脏跳得还算正常，你先躺一会儿，好好歇歇。说着，从行囊中取出自己的羊毛披肩，铺在李斯的身下，又用自己的外套叠一个小枕，让李斯半躺着闭目小歇。一手，还不时摸着李斯冰凉的冒着虚汗额头。

过了半个多小时，李斯觉得自己稍稍有些缓过气来，挣扎着站起来。蓝妹问，你能走吗？李斯有气无力地说，走几步歇一歇。

蓝妹说，你先坐着歇着等我，说着背起两个人的行囊，艰难地爬一段山道，然后把行囊搁在视线中能看到的道旁，又折回来，半拉半扶地把李斯拉扯到放行囊的地方，再背着行囊朝上爬一段。如此上上下下，一个原本似乎弱不禁风的小女子，一下子变得坚强有力，拉扯着李斯，给他鼓劲，说，再挺一挺，到了山顶就有法子了。最终，蓝妹把身不由己的李斯拉扯上了山顶。

找到山上大道，蓝妹找了辆能坐人的小车，又找了家能够住下来的客栈，把李斯安顿下来。

在山上住了一宿，李斯的身子渐渐地有些恢复。

第二日，蓝妹背着行囊来来回回找车，扶着李斯上车下车，一直回到了山下自己的车前。蓝妹又开着他们开来的小车，开开停停往回赶，一天路程，她开了两天。中间，她停车找了家医院，给李斯做了个初步的检查。医生说，有可能是爬山时血糖低了。

庐山回来后不久，李斯和蓝妹开始筹备婚礼，准备正式结为伉俪。

在婚礼上，李斯、蓝妹跟朋友们说，人生就像上山和下山，最大的幸福就是上山的时候有人一直在你身边，拉你一把，下山的时候也有人一直在你身边，扶你一把。

傻子烧饼

傻子烧饼，是我们老家的一个特产。其实，也是我们家的特产。

那时，爷爷的爹爹在老镇上经营一家烧饼铺子。据说，还是爷爷的爷爷传下来的手艺。那烧饼，用的是当年上好的新面粉，又香又有嚼劲。贴炉子的一面坚实，吃了耐饥；烤的一面焦黄，松脆留香。最让人赞口的是烧饼的馅，似馅非馅，柔绵多味。有纯甜的，甜得如蜜，小孩吃了，舔了半晌，嘴角还留着甜味；有葱花椒盐的，吃了满口生津，让人久久回味；更有那表面一层烤过的芝麻，香得诱人。

爷爷的爹爹一直想把手艺传给爷爷，然爷爷想参军，不肯学艺。唯有爷爷的弟弟一直跟在爷爷的爹爹身边。然爷爷的弟弟是个傻子，从小就傻。爷爷的爹爹自然不会把手艺传给傻儿子。于是，爷爷的爹爹常埋怨爷爷不务正业。爷爷怕他爹爹唠叨，总躲得远远的。

那年，是1948年。物价飞涨，面粉紧俏，能够吃得起烧饼的人家很少。爷爷家的烧饼铺，半开半关，举日为艰。铺里的面粉，像宝贝一样藏着。烧饼炉子，也时常熄火。只有一些大户人家事先预约了，积了几单生意，才点火生炉子烤烧饼。烤了烧饼，放在竹篮里，由爷爷的傻弟弟一家家送上门。有时，附近几个村的大户人家也预约烧饼，由傻子送。

傻子送烧饼挺敬业。爷爷的爹爹跟他说，这烧饼非常金贵，靠着它养家糊口，千万不能碰的，哪怕一下口、一颗芝麻也不能。傻子挺听话，再饿也不会去想烧饼的好处。每回，临出门时。爷爷的爹爹总在傻儿子的口袋里装上俩粗粮窝窝头。傻子饿了，就啃窝窝头，啃得比啥都香。

这年，到了冬天。爷爷家烧饼铺生意更难做了，大户人家生怕露富，都紧闭门窗，很少预订烧饼外卖。炉子熄了一天又一天。

终于有一天，有一个打外地口音的中年人，小心翼翼地掏出几块大洋，预订几十只烧饼。生火，和面，要一个时辰，那外地人指了指方向，先走了，让把烧饼送到高村。

高村，傻子去过。有一棵银杏树，在村头，是个路标。等生了炉子、和了面、烤了烧饼，让傻子送烧饼时，天空昏昏的，飘起了雪花。临走时，爷爷的爹爹，照例给傻儿子塞了俩窝窝头，指着远处的银杏树，给傻儿子说，你到了那，就在树下等。

谁料想，雪越下越大，天色越来越昏，最后只有茫茫一片大雪。

到了夜里，一直不见傻子，所有的人都急了。爷爷的爹爹央一些街坊，朝高村方向找人。然雪太大，已积得很深，走路也难。走走停停，停停走走，好不容易找到银杏树。大家都呆了，树下根本没有傻子，甚至连傻子来过的痕迹都没有。后来，终于见到了预订烧饼的中年人。中年人很沮丧，说他是部队医院的，有好几个重伤员已经几天没吃东西了。预订烧饼，是部队首长特许的，然一直等到现在，他们还没有见到烧饼。

众人急了，散开去，朝其他更远的方向去找。而爷爷的爹爹又专门赶回镇上烧饼铺，补做了烧饼送过来。一夜没睡，马不停蹄地四周找。第二天，找了整整一天，没找到。第三天又找了整整一天，也没找到。雪一直不停地下着。

后来，镇上乡校的先生出了个主意，说不要漫无目的地去找。因为傻子临走时，他爹跟他说找高村的银杏树。说不定他雪中迷了路，在其他村的银杏树下等呢。爷爷的爹爹很伤心，说已经这么几天了傻小子冻不死、饿也要饿死了。众人都宽慰爷爷的爹爹，傻子再傻，手里拎着一篮子烧饼，怎么会饿死呢？！

四天后，终于有人在二十里开外的低村找到了傻子。那低村也有一棵银杏树。傻子也不傻，他抱了好多干稻柴火，做成了一个避风保暖的小窝，人蜷缩在稻柴火中，只是身子已经僵硬了。手里拎着的篮子好好的，篮子里的烧饼一只也没少。傻子竟然是饿死的。众人都说，这傻子实在是太傻了。

部队首长知道了，专门派人帮助爷爷厚葬了傻子。

开春后，在部队的扶持下，爷爷家的烧饼铺重新恢复了元气，生的炉子不用熄火了。

部队首长还专门给爷爷家的烧饼铺写了个店名：傻子烧饼店。

现在，老镇上有几家傻子烧饼店，有的叫正宗傻子烧饼店，有的叫老傻子烧饼店，生意红火。

兵叔的玩具

李凯旋很小的时候就跟着妈妈寄居在陈墩镇的外婆家，妈妈没有正式工作，一直在镇商业合作社办的馄饨店里做临时工。李凯旋从来没有见过自己的父亲，只有房间墙上一张父母的合影。那时彩照不多，脸上的彩色好像是手工涂上去的，一团团的。父亲穿着军装，很年轻。

李凯旋记得，自己很小的时候，家里就常来一位叔叔，妈妈让他叫兵叔。兵叔看上去显得有点苍老，黑脸、跛脚，一直穿一身洗得发白的旧军装。

兵叔是个沉默寡言的人，来了，就在外婆家的客厅里坐一会儿，捧着大碗喝着妈妈给他斟的大麦茶。每次临走时，总是从随身挎的粗布兜里掏出一两件玩具。兵叔的玩具很特别，也新奇，在陈墩镇上很难见到，有时甚至是很奇特的外国玩具。只是，每个玩具都已经过精心的修理，手工制作的小零件，让缺损的玩具不再缺胳膊短腿。李凯旋寂寞的童年在兵叔玩具的陪伴下，慢慢地度过。

小学毕业后，李凯旋到了县城读初中，寄宿在学校。妈妈在馄饨店的工资是按天算的，故而，妈妈从来没到过李凯旋寄宿的学校。妈妈给李凯旋的生活费不多。李凯旋知道，妈妈赚得少，有时还要贴补多病的外公外婆。

李凯旋在县城学校寄宿时，只有兵叔不时过来看他。兵叔没话，临走时，总塞他一两件小玩具。只是，兵叔不再给李凯旋送些幼稚的儿童玩具，而是老旧的小杂物。比如，一副象棋，一只小笔筒，一把小铜壶。脏的，已小心洗过；损坏的，已精心修补过。如一只很老的小瓷碗，原本碎了，新锔了一下，倒也不错。有一次，兵叔带来一副制作精美的国际象棋，只是少了两枚，损坏了几枚。兵叔手工刻了，补全修好，成了李凯旋和室友们的最爱，没事的时候，他们就开始琢磨着这国际象棋的下法，竟然也下得有模有样。

李凯旋寄宿的日子，很拮据，每日的伙食，米饭加咸菜血汤。米饭，是自己带了米让食堂代加工的。但家里的米是计划的，他得匀着吃，故常常半饥不饱的。咸菜血汤，每碗一分钱。然就是这一分钱，李凯旋也常常抠着用。省下的钱可以买书看。学校食堂里，也有红烧肉，红得冒油，又特别香，八分钱一块，然李凯旋从没这种奢望。

有一回，李凯旋从学校边的一条小弄堂里走过，看见弄堂边有人摆着地摊，上面放着各式各样老掉牙的小物件。李凯旋好奇地在边上看，竟然发现在这里，有人卖出，也有人买进。李凯旋就想到了兵叔送的小玩具，他犹豫再三，再也受不了地摊交易的诱惑，拿了一件小铜器过来。问摊主，这物件你收不？摊主翻来覆去仔细端详一番，最后一推说，仿的，不值钱。李凯旋心里不甘，追问，那到底能卖多少钱呢？摊主一脸漠然地问，不是偷的吧？李凯旋亮出自己手里的课本说，我是学生，不会偷的。摊主漫不经心地说，搁那边上，自己拿两角钱吧。李凯旋看着地摊上零零星星的硬币，惴惴地问，能多给两分吗？摊主嘴一撇，不屑地说，你亏死我了，拿吧，有好东西送过来。

李凯旋取了两毛两分钱，兴冲冲地去食堂，多买了一个大馒头，多要了一份咸菜血汤，第一次吃得肚子里饱饱的，打着幸福的嗝。

兵叔还是不时来学校看他，每次都带一两件修复过的小物件。李凯旋过段时间，送一件小物件到学校隔壁弄堂里的地摊上，换几角钱贴补生活，有时看到自己特别喜欢的好书。他也会非常大气地掏钱买下那书，一有空就看。看了还小心地藏好。

有段时间，兵叔没来。过了好长时间，兵叔又来了，只是脚更跛了，走路一拐一拐的。自那回后，兵叔来的次数也稀了，最后再也不来了。

就这样，李凯旋在县城读书读到高中毕业。毕业时，正好轮上开始不久的公开高考，他一考就中，考上了不用花钱的师范学院，毕业后当上了老师。

几年后，李凯旋跟母亲说起以前常来的兵叔，有点挂念，说不知现在他过得如何，决计去寻找那位曾给他送玩具的兵叔。母亲拿出当年有心收好的几封书信。李凯旋按着信封上的地址，找上了门。那是县城一个废品收购站，在城郊，现已关闭。李凯旋找到了附近上了年纪的人，证实废品收购站是一个叫兵叔的外地男子经营的。那位老人告诉李凯旋，兵叔早年是当兵的，在一次执行任务中，他的几位战友都牺牲了，他却活了下来。他说，他的命是这些战友们给的。他为了帮衬这些牺牲战友的家庭，只身来到江南，以收废旧物品为生。

李凯旋把知道的一切告诉母亲。

母亲说，兵叔最早来时，每次总送钱过来，但她坚决拒绝了。她说，他再送钱就不让他上门。他就送玩具，说他喜欢孩子。

李凯旋突然想起自己在县城读书时一直靠变卖兵叔的小物件贴补生活，脸上不由得一阵阵发烫。现在，他有工资、有能力了，而兵叔却已去世了，一切再也无从回报了。

藏 酒

几年前，我在航道处当人事干事。处里大多是一线维护航道的技术工人，他们又大多是部队转业的军人。

施工船队，常年在一线航道上，工人们以船为家，上一线时，往往一待就是十天半月。工人们吃住在施工船上，少不了馋酒的，往往是漫漫长夜小酒一杯好梦到天亮。然处里出于安全考虑，有一条明文规定，就是上船不允许喝酒，若施工船上谁私带私藏酒类，一旦被发现，扣当月奖金二百元。

打捞船队队长阿祥是个老好人，据说自己不喝酒，船上谁喝酒总是眼开眼闭。伙房烧鱼解腥需料酒，然料酒的用量大得吓人，一日一瓶也不够。后来，处里规定伙房也不能备料酒了。

为这，分管处处长常带我们科室人员上一线搞突然袭击。然每次都徒劳，谁会宁可罚二百元，私带一瓶几元的酒来惹事。然毕竟施工船停泊的地点常前不挨村后不着店，买个酒也不方便。这就苦了那些酒馋虫。谁都知道，他们变着法子与处里斗智斗勇，处里也抓不住他们的小辫子。

一日，处里加工资，科长让我去一线的几个船队找工人们挨个签字。处里公务车轮不到我，我自然坐了农村公交再加步行去。

到打捞船队，签了字，正好午餐时间。我就留在施工船上和工人们一起用餐。队长说我路迢迢过去给大家加工资，特意加了几个好菜，好好款待我。

进伙房，大伙或坐，或靠，或蜷，每人一双筷子一只大碗。

大师傅阿耿跟我挑话，说："小万老弟，你辛辛苦苦过来给我们加工资。我们得表示一点意思。"

我说："工资是处里加的，我只是个跑腿的。"

阿耿说："皇帝都不差卒，更何况你是处里来的钦差大臣呢。"

说着，阿耿把我拉到伙房中间的小餐桌边，又拉了几位师傅，一一坐下。船队队长阿祥一见这架势，笑眯眯自顾自扒了碗米饭，舀了几勺菜，出了伙房，边出边说："阿耿，你们好好聊聊，不急。我下午值班。"

阿耿得令，把几个人手里的大碗收了，放在小餐桌上，像变魔术一般从伙房顶上的木板缝中抽出一根橡皮软管来，解开一端的小结，一股深黄色液体伴着醇厚的黄酒味汩汩流出，灌满了眼前一只只大碗。

阿耿示意大伙儿端碗，敬我。

我一时不知所措，迟疑再三，最终还是端起了酒碗。

阿耿笑了，说："小万兄弟，够哥们儿，来，干了！"

我推脱再三，最终还是跟他们一起干了。一大碗酒下肚，我有些后悔，想想自己竟然在一碗酒面前成了意志薄弱者，违反了处里的规定。回去后，处里追究起来，可真的不好交代。

酒也喝了，一失足成了阿耿的铁哥们儿。

几碗酒一喝，我好奇地问：“你们用啥法子藏酒的？”

阿耿是个直爽人，边喝酒边给我解开他们藏酒的秘密。原来，他们外出施工前总要带一大罐黄酒上船，几十斤。黄酒一开封就要发酸，酸了不好喝。于是，阿耿他们在罐上的封泥上小心地钻一个小孔，插根小软管，再把小孔封严实，把软管一端挽个小结。他们把大酒罐藏在伙房顶上夹层里，即使打开伙房顶板也见不到藏着的酒罐。万一穿帮，他们也会迅即把酒罐取出丢进船舷边河里。

我笑了。我喝了他们私藏的酒，一下子与他们同流合污了。

那天，我喝高了，船队队长阿祥叫了辆黑车，偷偷把我直接送回家了，像做贼一样。

为感谢阿耿他们的好意，在他们上岸轮休时，我请他们吃了顿夜宵，七八人，整整喝了五六箱啤酒，喝没了我好几百大洋。阿耿他们也挺仗义，我家换煤气、搬家具之类的重活，他们总是抢着干。本来同住一个大院，谁也避不了谁的眼。

这年冬天，是江南十年一遇的大寒天。下了场大雪，娄江上有座几十年造的拱桥倾斜了，成了危桥。

大冬天，水位低，也正是拆危桥的好时机。只是这桥离人家厂房后墙特别近，爆破时，炸药的用量不能太足。

为确保拆桥万无一失，我们科室人员也都穿上交通制服一大早在危桥四周值勤。

早上七点，正点爆破，总指挥一按按钮，破碎的混凝土飞起又落下，惊心动魄，只是危桥晃了几晃，最终没能如设计的一样整座桥塌在水里，而像满目疮痍的怪兽一样挺在河上。

总指挥慌了，爆破工程师脸面尽失一副狼狈的样子，几位桥梁工程师，划着小木舟靠近观察。最后，画了张草图。

从草图看，爆破，基本上把桥体给炸断了，只是拱桥内芯的一些钢筋还没完全断开，形成了一个新力点。这个新力点支撑着摇摇欲坠的断桥，给进一步拆除施工，带来了难以想象的危险。若再爆破，有点似杀鸡用牛刀。最好的法子就是派人上去在力点上拴根钢索，然后用打捞船牵拉。

然潜水员阿林下水后，折腾了一个多小时，还是无功而返。实因炸裂的钢筋混凝土如交错的犬牙一样，让身穿笨重潜水服、连着氧气管的阿林，根本无从靠近、下手。

看着筋疲力尽的阿林，阿耿说："我来试试。"

总指挥同意后，让我去买酒。阿耿说"不用"，从打捞船舷挂的防撞旧轮胎里取出一瓶烧酒，咕嘟咕嘟喝了半瓶。脱了棉大衣、外衣、外裤、内衣，只剩下内裤的阿耿在刺骨的西北风中挺立着。牵着钢索，阿耿游到断桥处，麻利地把钢索固定在断桥的力点上，再游离了危桥。

一切准备就绪，打捞船起锚，使劲一拉，危桥"哗啦"一下塌在水里，残桥面入水形成的巨浪如海啸一般。

两岸一片掌声。阿耿成了英雄。

事后，处里给阿耿发了三千元嘉奖，但同时扣了他二百元。

头头说："桥归桥，路归路。奖罚得分明！"

老兵李银锣

鸭蛋墩是个独屿墩，四面环水，离最近的金泾村一里多地。

李银锣坐在岸边，能看见村庄熟悉的轮廓，能看见村里家家户户早上和傍晚时分烟囱里冒出来的袅袅炊烟，当然他也能够分辨出自家那烟囱。

鸭蛋墩是安静的去处，安静到有点死寂的感觉。自从李银锣在这墩上安身后，这片地、这片水域就成了与世隔绝的地方，再也没人敢靠近。当然，他也不让人靠近。每回，儿子过来，也是远远地跟他喊话，把他需要的物品挂在水中那老杨树的枝丫上，再取走墩上鸭子产的鸭蛋。

每天，独居的李银锣是忙碌的，他的忙碌缘于他行动的缓慢和动作的艰难，常人一个简单的劳作，他也许要花费几倍的努力。他要在实在忙碌不动时，把手里最后的活儿干完。

他的窝棚是当年自己盖的。那时，他还有些力气，他为自己以后的生存，拼尽最后的力气。支柱和梁木、椽子用的是墩上的几棵老树，已支撑了几十年，还算坚实；墙体，用的是河边的碎砖、地里的黏土、田里的柴草，一层层垒起来的，厚实，还冬暖夏凉；窝棚的顶，是用田里的稻草铺的，后来又加盖了一些，足以遮风挡雨。

早年，李银锣在墩上种的柳、桃、桑、槐、楮树，现早已郁郁葱葱。他还在自己窝棚四周培植了一个小小的中药园，里面种着大风子、苍耳子等一些叫得上名或叫不上名的中药材，这些是李银锣保命的宝贝。这里，有的是当年他从甬城回来时一路上采集的，那一路，避开人群，辛辛苦苦风餐露宿走了好几年；也有的是让儿子寻觅来自己培植的。他靠这些中药材，延缓着自己正在消融的生命。

他还记得，当年那个使他染病的小山村。在他离开前，他让村民在村子里种上了大片的柳、桃、桑、槐、楮树，并教他们如何用这些树枝煎煮汤水；他还让家家户户种上大风子、苍耳子等中草药，教他们如何熬药治病。他的命，是村民救的，他得回报。他是军医，他是进山剿匪小队的随队军医。然小分队进山后遭遇顽匪的伏击，要不是身负重伤，误入麻风村，他也早就阵亡了。他还记得，离开甬城时，他专门去了山脚下的烈士公墓，朝阵亡的剿匪小队的队友们鞠躬道别，包括他自己的墓碑。离开烈士公墓，隐姓埋名的李银锣，内心开始强大，把每天活着的时光，当作第二个一辈子。

他对自己说，活一天，就等于多拣了一天的便宜。就这样，他拣了几十年，成了奇迹。

他的日子，就像拣到的鸭蛋。

鸭蛋墩原本就是鸭子产蛋的好去处，以前有人专门上墩来拣鸭蛋，后来李银锣住下后，就没人来拣了。他把鸭子产的蛋收拢起来，一次次孵化后，形成了一个鸭群，继续为他产蛋。鸭蛋多了，他还给儿子他们。

窝棚边的田地，低洼，却肥沃，李银锣忙碌着，种些稻米、瓜果、蔬菜，不怎么多，可勉强养活自己。

他最后的忙碌，就是要做一根杆子，一根尽可能长的杆子。他蹒跚着挑选了合用的树枝。砍枝、整枝、镶接，不知多少个日月，那杆子已经在李银锣的忙碌中变得挺拔、修长。他要在他实在忙碌不动前，把它竖起来，竖在窝棚前的空地上。那杆子的顶端，他做了一个小滑轮，可穿进去一根绳子。那绳也是他做的，用墩上的野麻做的。剥麻、晾晒、捶捣、分缕、搓绳，不知多少个日月，那麻绳在李银锣的忙碌中变得精致、细滑、牢固。

突然有一天，儿子过来喊话，告诉他孙子李阳考高中，考了全县前十名，考上了县中实验班。县中实验班，是什么，李银锣不清楚，然他明白，他李家的后代，是有出息的，就像当年他去上海中药店学徒时，他爷爷说他以后一定会出息的。

孙子去县城读书后，李银锣的杆子终于竖起来。在一个秋天乡村里忙碌着收割的日子里，有人突然看见鸭蛋墩李银锣窝棚前的杆子上升起了一面小红旗，但小红旗只升了一半。

李银锣的儿子感到了一些不祥，报告了镇民政助理。镇医院派医生上墩探究，发现李银锣穿着旧军装去了，虽说病魔已把他的脸和四肢摧残得不成样子，但他走时的神情是安详的。

李银锣的身边有一张纸，上面歪歪扭扭写着：这是我们剿匪小队的队旗，我为全体为国捐躯的小分队战士们升半旗。

几年后，《陈墩镇镇志》上有这样两段文字，小标题是《李银锣，隐姓埋名活着的烈士》《李银锣去世后，陈墩镇彻底摘除了麻风病帽子》。

门里·门外

阿戚已经第二回走进这门，他耷拉着脑袋，神情有点沮丧。他有点怨自己运气不佳，明明已经跑出好几百米了，却没想到被几个便衣看出了破绽。也该他倒霉，货在他身上，再藏再掖，也总是破绽百出。

警车开进了大铁门，他被送进了小铁门。他习惯性地摸出了随身所有的私人物品：香烟、打火机、手机、零钱、皮带、鞋带。他没有身份证，民警问了两次，他都摇着脑袋。民警递过来一件印着编号的褪了色的橘黄色马甲，那熟悉的编码让他突然激灵着打了个寒战：214。冥冥之中也该他倒霉，就连随机发的马甲也一直跟他作对。上回是214。方言2，读作“你”。故所有的人都唤他“你要死”，这回竟然又是“你要死”，晕呀！

二名警察，一前一后，脸色威严。一名警察先打开走廊上的铁门，等他穿过；另一名警察又“哐当”一声把铁门锁上。

他走进一条长长的走廊，他认得，上回也是从这里进来从这里出去的。走廊上一共是六道铁门，一道比一道沉重，他熟悉。他又被送入第六道铁门后第三间，然铁门内所有的脸都已变了，没有一个他熟悉的。铁门内，七人，都端坐着。他不敢正面看人家的脸，只是小心地瞧着人家的腿，猜测各人的年龄、身份。

入夜，他大气不敢喘一声，小心躺着。迷迷糊糊中入梦，竟然梦到一次又一次猖狂逃窜，又一次次深陷绝境，他想惊呼同伙，又怕被外人发现，故惶恐中如丧家之犬一般。

突然，他被人狠狠地踹了一脚，他痛醒，左边一脸横肉的家伙，又踹了他一脚，几乎把他的腿踹断。横肉家伙压着喉咙发飙："臭小子，睡觉再不安稳，我卸了你的大腿。"

右边有人轻轻地说："干吗？人家还是孩子，跟一个小孩子过不去，啥能耐？！"

左边横肉家伙，"哼"了一声，不再发飙。

第二日一早，阿戚醒来时见右边的男子瞧着他，便心生感激地叫了声"大爷"！那男子"扑哧"一声笑出声来，轻声嗔怒，说："小傻瓜，啥眼神？！"

阿戚仔细瞧，只见那男子一头乱蓬蓬的头发，夹杂着好些白发，可能才四十来岁的样子。阿戚忙改口，"大叔！"

铁门里的作息时间和活动，都有严格的规定，阿戚自然不敢乱说乱动，稍不小心，就会受到严厉的处罚。只有到了每天非常短暂的自由活动时间，阿戚才与大叔说几句话。

大叔问，阿戚说。

阿戚告诉大叔，爹娘在他很小的时候就离婚了，他先是随娘，然娘后来有了新的男人，没心思管他，他就随了外公。16 岁时，他开始逃学闯社会。这些年，他结交了一些社会上的朋友，混日子。

然他也有自己的底线，只偷不抢，只抽烟酗酒不吸毒。两次进铁门，都怪自己运气不好，出去后，想去烧烧高香。

大叔，其实是个很睿智的人，他怎么进的铁门，阿戚无从知道，而大叔讲的话，却句句在理。

大叔说，你还年轻，人生的路还很长很长，你千万不能自暴自弃。你这次犯事进来，不是你的运气不好，俗话说，常在河边走，哪能不湿鞋？！铁门里的时间是难熬的。你出去后，千万不要再犯事了。离那些狐朋狗友远些，好好学门手艺，养活自己。

三个月后，阿戚走出了铁门，重新呼吸到了铁门外的新鲜空气，深感大叔的话句句在理。他离开了原来的那些混混朋友。他打听好久，觉得有一种手艺适合他，就是电焊。在所有的手艺中，电焊工比较难学，又比较辛苦，会电焊的人不是很多，工钱也相对要高些。他找到一家私人门窗加工厂。厂长让他试几天，看他手脚勤快，便收他学艺。

阿戚第三回走进这门，神情有些紧张。特别是过例行的安检时，他的心竟然“砰砰”乱跳起来。

两名警官，一前一后，脸色和善，不时轻声与厂长交谈着。阿戚推着工具车紧随其后，生怕一不小心被卡在哪道铁门里。

他走进那条长长的走廊，长廊的门在他身后“哐当”一声合上，他先是一个寒战，继而慢慢放松。走廊上六道铁门，他们将一道道维护和加固。他在过道里忙碌着，过道一旁的铁门后仍有人端坐着。他在忙碌中瞄了一下里面人的脸。只见一张张脸都是那么木然。

在那扇熟悉的铁门里，阿戚一眼见到了那张熟悉的脸，一头乱蓬蓬的头发，夹杂着好些白发。大叔仍在，却像一尊没有表情的蜡像。阿戚想跟大叔递个眼神，然大叔神情木然根本没有感觉到他的存在。

阿戚有意把干活时的声响弄得大一些，然他的一切最终是徒劳的。

三天的活结束了，负责的警官夸了阿戚的手艺。

阿戚再也憋不住了，惴惴不安地问：“报告警官，我干活时看见我的一位老乡在铁门里，我能不能给他送些东西？”

警官“扑哧”一声笑了，拍着阿戚的肩和善地说：“当然可以，啥时送来都可以。大门口登记时，说我同意的就可以了。”

阿戚向警官鞠了个躬，泪水噙在眼眶里，似乎一不小心就要掉下来。送东西只是一个借口，其实，他要让指点他的大叔知道，他现在完全可以自食其力了。